小説　紫式部

三好京三

潮文庫

目次

装幀　重原 隆
装画　ヤマモトマサアキ

小説　紫式部

第一章　乙女心

庭先の楓《かえで》が紅く色付いている。その下の芝生には、いつもやってくる雀たちが撒《ま》き餌《え》をついばんでいた。それをしばし眺め、香子《かおるこ》は筆を執《と》った。

桃之夭夭（桃の夭夭《ようよう》たる）
灼灼其華（灼灼《しゃくしゃく》たる其《そ》の華《はな》）
之子于歸（之《こ》の子　于《ここ》に帰《とつ》ぐ）
宜其室家（其の室家《しつか》に宜《よろ》しからん）
……

姉彩子《あやこ》が妻として迎えられたこの春、山荘の入口の部屋に掲げられていた「桃夭《とうよう》」という詩である。それが孔子の編んだ『詩経』の中にある作品であることを香子は知っていた。

お姉様、あなたは桃の花が若々しくつややかに咲いたように美しい。嫁《とつ》ぎ先ではどんなにお喜びのことでしょう――。

この年永観《えいがん》二年（九八四）、彰子は昌子《まさこ》太后《たいこう》の御所に勤める十七歳の乙女であったが、二十七歳の権中納言藤原義懐《ふじわらのよしちか》に見初められ、その鳴滝《なるたき》の山荘に住まわされる妻とされたのである。そこに行くとき、姉彰子は喜びが隠しきれず、しきりに微笑み、見送る香子を何度も振りかえった。香子は手を振り、

「おめでとう、お姉様」

と声を出して祝福したものである。帝《みかど》の二人目の皇后は中宮とよばれ、やはり内裏の中にお屋敷をいただくが、姉彰子も中宮並みの妻だから、当時は「すえ」と呼ばれた住処《すみか》を与えられたのだ。

――けれどわたしはまだ十五歳。殿方も気にならないわけではないけれど、とにかく物語や歌が大事――

父藤原為時《ためとき》も、姉弟の中で香子が最も学問好きであることをよく知っている。為時はこの十月に即位したばかりの花山帝《かざん》が、皇太子であった頃から学問の師を務めさせられていた学者にして役人であり、わが子にも幼い頃から手習い、歌、読書をきびし

く教えた。今は式部省《しきぶしょう》で大丞《だいじょう》の職にある。弟公麿《きみまろ》はまだ元服前の十三歳で、末っ子の男の子らしく甘えん坊で学問より遊びだ。

——それにしてもお姉様は、山荘入りの後は逢《あ》うたびに美しさを増す——

嫁ぐ前から彩子の器量は近隣でも目立っていた。その美しさが、日を追ってまさに桃の花がふくらむようにつややかになりまさっているのである。

——殿方の愛を受ければ女は美しくなるのか——

しかし、香子には心引かれる男性がなかった。ひたすら手習いに歌、読書である。中でも物語の世界に浸るのがこの上なく楽しい。

書き上げた料紙を姉に上げようか、などと思いながらしまいこんだところへ、弟の公麿が興奮した面持ちでやってきた。

「姉上、年取った貴公子がこれを」

差し出したのは文である。

「あら、公麿は文使《ふみ》いにされたの」

「わからない。何でもその男の人は、これをそなたのこの上なくお美しい姉君に、と言って去ったよ」

「だったら彩子様でしょう」

「いや香子様と名前も言った」

「どなた?」

怪しむ気持で文を開いた。仮名文字である。すぐに歌仲間の亮《とおる》子《こ》の文字とわかった。父が筑前守《ちくぜんのかみ》に任じられたので、この秋向こうに同行することになったのだという。その準備に忙しく、兄にでも文を託したのであろうか。

西の海を　思ひやりつつ　月みれば
ただに泣かるる　ころにもあるかな

この亮子もまた裳着《もぎ》を済ませたばかりの乙女で、香子同様まだ殿方との付き合いはない。

——あの亮子様が筑紫《つくし》へ?——

このような別れは中流の公家社会ではそう珍しいことではない。しかし、付き合いのそう多くない香了にとり、だしぬけに知らされた友との別れはこの上なくつらかった。それですぐさま筆を執って返しの歌を詠む。

西へゆく　月のたよりに　玉づさの
　書き絶えめやは　雲の通ひ路

いつも西に向かうお月さまに頼んで便りを欠かさない、と詠みながら、香子はさらには菅原道真《すがわらのみちざね》が弟子の紀長谷雄《きのはせお》に贈った『菅家後集《かんけこうしゅう》』の詩も思い出していた。

……三千世界一周天　……唯是西行不左遷

ひたすらに淋しい。亮子とは物語好きの仲間たちと一緒に、賀茂祭に行ったこともある。夜中に牛車《ぎっしゃ》に乗って出かけたのだが、明け方一休《ひとやす》みしたところでひとしきり話し合ってから歌を詠んだ。

ほととぎす　声待つほどは　片岡の
　森の雫に　立ちや濡れまし

亮子ほかの仲間たちも、山里では都よりも早くに時鳥《ほととぎす》が鳴くことをみな知っていて、車の中で耳をすましていたのである。
西に行く月のように亮子が去り、更に秋も深まった頃、今度は繁く訪ねてくる男を迎え入れている友から、紅葉の枝に結びつけた歌が送られてきた。それと一緒の文には、東に下る夫についていくかどうか、迷っていると書かれている。香子はこのような相談を受けることがよくあった。

露深く　おく山里の　もみぢばに
　通へる袖の　色を見せばや

その友晃子《あきらこ》に、香子は会ったこともある男の面影を思い浮かべながら返歌を送った。

嵐吹く　遠山里の　もみぢばは
　露もとまらむ　ことのかたさよ

友は迷うが、夫のほうが強気であることを香子は知っている。それから間もなく晃子は夫と共に東に下ることを決めたと伝えて来た。

もみぢばを　誘ふ嵐は　はやけれど
　木のしたならで　ゆく心かは

次々に友に去られるのは淋しいが、去る者も送る者も、みなその人なりの生き方を持っているのだ。

それにしても、こうして歌や読書に日々を過ごせる境遇は、ありがたいと言わなければならない。父為時が宮中で職に就いていられるのは、花山帝の東宮《とうぐう》時代の師であったからだ。しかしこの花山帝は、前帝円融《えんゆう》天皇の重臣たちからは嫌われる存在であった。特に右大臣藤原兼家《かねいえ》などは、自分の孫の懐仁《かねひと》親王を東宮とし、早くに天皇としたいものだから、いつも花山天皇の揚げ足取りを企んでいると言われる。しかし香子はそのような宮廷の内幕については知らされることがないから、ひたすら学問の日々を楽しんでいた。

一方、時折耳にする下層の者たちの暮しは惨憺《さんたん》たるもので、洛中《らくちゅう》では飢《う》え死にする者、盗みをはたらく者、やみくもに人を殺す者等が珍しくないという。

香子の母は弟公麿を生んで間もなく亡くなったので、香子も弟も母の面影を知らない。しかし乳母、女房の手で大事に育てられ、学者でもある父為時の教育を受けて、こうして学問を楽しむ生活をさせてもらっているのだ。仮名文字の手習い、箏《そう》の琴の演奏、古今集二十巻の暗誦《あんしょう》などが、当時娘たちの学ぶべきものとされていたが、香子は父の指導により、ほかに『史記』『漢書《かんじょ》』『後漢書《ごかんじょ》』『文選《もんぜん》』などの漢籍も学んでいる。香子はさらに興の赴くままに、「長恨歌《ちょうごんか》」「白氏文集《はくしもんじゅう》」「楽府《がふ》」などの父の蔵書をすべてと言っていいほどに読み、理解していた。それで父は、

「香子が男だったらよかったのに」

と公麿と比べて言ったものである。

その為時は時折、現在仕えている花山の帝の話をしてくれた。

「風流者とも言われるお方でな、お若い頃からよく歌会を催された。絵もよくなさるし、庭作りもお上手だ」

「まあ、帝がお庭を作ったりなさるの」

「絵にもできるようなみごとな庭を作るというのも、風流というものだろう」

「父上はそのような帝とご一緒できるのだから幸せね」

「まあそうは言える。けれども帝とて完全無欠のお人柄ではない。女御《にょうご》、更衣《こうい》の可愛

がり方で少しおかしいところがある」

「あら、どのように」

香子は男と女との睦《むつ》み合いについて、じっくりと考えたことがまだなかった。物語を読んだり、空想したり、自分の体の変わりように気づいたりはするが、やはりよくはわかっていないのだ。

「女御、更衣がたくさんいらっしゃり、それぞれのお方を万遍《まんべん》なく愛《いと》しまれるとよろしいのだが、一人の女御にだけ通いつめては全く見向きもしなくなったり、全く塞《ふさ》ぎこんでどの側近とも話を交わされなかったり……」

「まあ、そんなふうでいらっしゃるの」

「しかし、せめて風流を心得ておられるのがありがたい。香子も彩子のようにすぐれた公達《きんだち》に恵まれるといいが」

「ほんとうにお姉様は幸せ」

そしてやはり山荘の彩子に思いを馳《は》せる。その姉は義懐がよく通ってきた頃、とてもはずんだ表情で迎えていた。そのような二人の間柄を嬉しく思いながら、しかし香子はひたすら読書に忙しいので、今二人がどのような愛を交わしているかなど、ついぞ考えたことがなかった。

「そろそろ香子にもよき男が来てくれるとありがたいが」

為時はやさしい笑みを浮かべる。

「あら、わたしは常処女《とこおとめ》。学問を教えて下さる父上がいらっしゃるだけで充分です」

「まあそれでもよいか。彰子の嫁いだ年まではあと二年もある」

「二年が二十年でもわたしは一人で学問の世界に生きます」

本気でそう思っている。そしてこの頃は、生涯にわたって物語を作り通す女になりたいと願うようにもなっていた。

その年も暮れ、翌寛和《かんな》元年（九八五）のやはり夏も近づく頃に、為時宅を訪れた男があった。親戚関係の藤原宣孝《のぶたか》で、父と同じ役所に勤めている。祇園《ぎおん》の社に詣《もう》でたいが、方違《かたたが》えのために泊まりに来たというのだ。当時は目的地に天一神《なかがみ》がいると判断されたときはそこに直《しか》には行かず、方角を違えて知り合いの家に泊まり、そこから出直すことを方違えと言った。

「お前も少しは知っているが、宣孝は油断のならない男だから気をつけるように」

宣孝が来ることを告げてきたとき、為時は香子に注意した。香子も宣孝が犯したさまざまな失態については聞いている。昨年の賀茂《かも》の祭の折、蔵人《くろうど》の宣孝は泥酔《でいすい》して馬を引く役を忘れるなどしたのである。今年になってからは、大和の国の小さな村に行ったとき、やはり酔っぱらって里をさまよい歩き、村人たちからさんざんに懲《こ》らしめられたとのことだ。

――義懐様のような方が見えればいいのに――

と香子はやはり姉夫婦だけが憧れである。

そして宣孝が父為時からもてなしを受けて泊まった夜の明け方、香子は枕元に誰かが忍んで来ているのに気づき、思わず声をあげて振り払った。

「どなたです。無体《むたい》な」

するると相手はにんまり笑い、

「たわむれ、たわむれ」

と言って逃げていった。宣孝とわかった。

――父上に言いつけようか――

実に腹立たしい。しかし考えてみれば香子もはや十六歳なのだ。彩子が義懐を迎え入れて楽しんだ年齢である。女としての受け止め方を自分で見つけなければならない年頃なのだ。それで無礼を怒る歌を詠んだ。

おぼつかな　それかあらぬか　明ぐれの

空おぼれする　朝顔の花

それを料紙に書き、侍女に持たせて宣孝の部屋に届けさせる。しばらくして侍女は宣孝からの返歌を手に戻ってきた。

いづれぞと　色分くほどに　朝顔の
あるかなきかに　なるぞわびしき

読んでみて、色好みの宣孝もいくらか風流を解するのか、と思った。こちらの顔が心もとなくて、どちらに次の便りを寄せたらいいかと空惚《そらとぼ》けているのだ。恋遊びとはこのようなことだったのかと、香子はふと大人びた感慨をもった。

それにしても宣孝は三十四、五歳のはずである。香子とは二十近くも年の違う、兄というよりは叔父のような年輩なのだ。

——そのような人人がなぜにわたしのような乙女に——

とどうしても腹が立つ。やはり父の言うように、宣孝は近づけてはならない存在なのだ。そして時には宣孝のような中年ならぬ、自分にふさわしい年頃の殿方が言い寄ってほしいと待ち心を抱いたりするようにもなった。

しかしそのような男は全く現れない。文机《ふづくえ》に向かうことしか知らない気の強い女、といった噂が立っているのかもしれなかった。

――面立ちも姉君と違ってこのようだし――

鏡を前にしては、自分のどこやらきつい感じの目元が殿方に受けないのだ、と思ったりもする。

そして秋を迎えた。父為時は役所勤めが済み、京極《きようごく》の邸に戻って夕食を済ませると、よほどのことでもない限り、女たちの家に泊まりに行くのが常だから、香子も公麿も夜は父親のいない邸でその日その日を過ごしている。

――幼い頃からこうだった――

と思いながら、香子は夕暮れの空を見やる。

――六歳の頃だったかしら。夏の夕方、白くて長い尾を引いた箒星《ほうきぼし》が、あの空に何日も光っていた――

しかし女房たちから、縁起の悪い星だから見るなと言われ、簾《すだれ》を降ろされたのだった。実際にその年の暮れには火付け、人殺し、盗みなどがふだんの年より多かったという。その次の年は内裏が焼け落ちた。

――あら、どうして箒星のことなど思い出したのでしょう。やはり心待ちする若い殿方が来てくれないから？――

立って文殿《ふどの》に行こうとしたとき、庭先に狩衣《かりぎぬ》姿の若者が現れた。香子は思わず小袿《こうちき》の袖で顔を隠す。

「不躾《ぶしつけ》ですが、香子様の物語を読ませて下さい。父君の為時様がよくお出で下さる成《なり》子《こ》の息子、源正時《みなもとのまさしき》です」

男の名乗りを聞き、香子は戸惑いながらも、これは招き入れなければならないと思っていた。

「どうぞ中へ」

咎《とが》める目の女房や侍女には構わず、男を招き入れると文殿に案内した。正時はそこにある膨大《ぼうだい》な書物を見回し、香子をみつめては溜息をつく。

「聞きしにまさる学問好きでいらっしゃいますね。為時様も香子様も」

「読み書きしか知らない気強い女子でございます」

「故にこそ憧れて参りました」

と香子を抱きしめ、唇を吸った。

「何をなさいます」

狼狽《ろうばい》して香子は振り払ったが、正時は重ねて襲う。そして言った。

「この上のことはしませぬ。香子様は清らかな常処女にして才女。体ではなく、お心と才のみをお慕《した》い申します」

実際に正時はすぐに離れ、袿姿《うちぎ》の香子を追って表の部屋に戻った。あらためて向かい合うと、正時は実に気高い面立ちの若者である。その正時はにんまりして、

「香子様と同い年です」

と言った。年齢のことも為時から聞いたものであろう。

「父君とわが母が馴染《なじ》みなれば、われらもこれからは清らかに馴染みましょう」

すでに口吸いをしたではないか、とも思いながら、この正時様こそ日頃思い描いていた若殿なのでは、と思い始めていた。この方を追いかえしたら、またぞろこれまでのように空しく毎日空を眺め、書を読みながら殿方を待つことになる。

――しかもこの正時様は、叔父のような宣孝様などとは全く違う貴公子――

気持を落ちつけると、求められるままに昨年姉彩子を思って書いた「桃夭」の書を見せるなどした。漢書のことも話し合い、そのうちにこの人の読みたいという物語にまだ手はつけていないが、書くならばこの人こそが主人公、とも思ったりする。

しだいに話がはずみ、夕刻になると、

「これからも毎日、昼にまいります」

と告げて正時は帰って行った。

――かたくななわたしにも、とうとう春が来たのかしら――

一人になってみると、あらためて嬉しい気持がこみ上げる。

翌日も正時は訪れ、香子の書を褒めたり学問の話を聞くなどして時を過ごした。香子にしてみれば、やっと訪れた初恋の日々の如くである。

――わたしもそろそろお姉様のように正時様の山荘に――

と夢を描いたりもした。

ところが夢のような日々を過ごして迎えたその年の暮れも近い頃、正時は険しい面持ちで現れると、やにわに香子を奥の閨《ねや》に引きずりこんだ。

「為時様がわが母を捨てたぞ」

そして香子の袿を引き剥《は》がそうとする。あわてて胸をおさえながら、

「まさか。どうしてですか」

と訊《たず》ねた。

「わからぬ。しかし母は言う。わたしがそなたの体を愛《いと》しまぬからだと」

「それこそが正時様の清いなさりようでしたのに」

「清くはない。愚《おろ》かでずるいと為時様は言われたそうだ。娘香子のほかの女たちとは毎夜交わりを楽しんで渡り歩いているくせに、とも」

「あら、どれほどの女の方と」

「五人ほどか。それにしても、母が捨てられたら、わたしもそなたからは離れる」

「あら、親は親、子は子ではありませんか」

「いや、親が結ばれたから子のわたしたちも結ばれたのだ。しかし、その親が離れるならば子も離れねばならぬ」

「そのようなことがありましょうか」

理不尽としか言いようがなかった。この人は初めから好きでもないのにわたしに戯《たわむ》れかかったのか。

「いずれ、そなたとつながる意味は失せた。この上は世の男と女の如くに睦み合って別れるのみ」

正時はいきなり香子の身ぐるみを剥ぐと、獣の如くに襲いかかり、何度も唇をむさぼっては、さらに胸を腹をといたぶる。そして、思いもしなかったさまざまな形で常処女を汚し尽くした。その正時が去ると、香子はさながら死者の如くに床に伏すばかりである。

その後の香子は、住まいの西の対に引きこもってばかりいるようになった。丹念に記し続けた日記もすべて焼き捨てる。きつい眼差しで書を読みながら、もうもうこれまでの暮しのどの部分をも、思い出から消してしまいたかった。

第二章　暗　転

庭の桜の満開が近い。文机を前にして、疲れた思いの香子の脳裏には父為時の歌が蘇《よみがえ》った。寛和二年（九八六）三月、香子も十七歳である。

遅れても　咲くべき花は　さきにけり
身を限りとも　思ひけるかな

為時は冬嗣流《ふゆつぐりゅう》藤原氏、藤原雅正《まさただ》の三男であり、少年時代には殿上童《てんじょうわらわ》として内裏の歌合《うたあわせ》に出るような英才であった。十六歳の頃には当時の官吏《かんり》養成機関である大学に入り、菅原道真の孫にあたる学者、菅原文時《ふみとき》の教えを受けた。

その後はひたすら学問の道にいそしむが、大学を出てからの官吏としての地位は高くはなく、地方官として国内の各地を転々とした。二十二歳の十一月には播磨権《はりまごんの》少掾《じよう》に任じられている。

この頃に結婚して娘彩子、香子、そして長男公麿の父となるが、妻佳子《よしこ》は公麿を生んだ翌年、香子四歳の春に亡くなった。香子は幼い頃、

「なよやかな美しい母だったが」

と、よく父為時が語ったことを覚えている。

「しかしもともと体が弱くて、よく熱を出しては床についた」

それもあり、公麿を生むと産後の肥立《ひだ》ちが悪くて亡くなるのである。

その後、新たに妻《めと》を娶り、やはり息子娘を生ませるが、京極の邸に連れて来ることはなかった。他にも慈《いつく》しむ女を持ち、その中の一人に、次のような佳子哀惜《あいせき》の歌も贈っている。

なき人の　結びおきたる　玉櫛笥《たまくしげ》
あかぬかたみと　みるぞ悲しき

そして貞元《じようげん》二年（九七七）の三月、為時三十一歳の時には、師菅原文時の推挙により、東宮の御読書始の副侍読《ふくじどく》を務めるのである。後に花山帝となる東宮に経書《けいしよ》・史書

を進講する学者とされたのだから、為時にとっては実に名誉なことであった。

　その時の世話役は摂関家藤原氏の藤原義懐であり、二十一歳になっていた義懐は、当時為時妻佳子の従姉妹《いとこ》を妻としていた。そのような縁もあっての副侍読登用であり、後義懐は香子の姉彩子を何人目かの妻とすることになる。

　為時はさらに時の帝円融天皇の弟にあたる具平《ともひら》親王にも見込まれ、よく出入りしては学問を教授するようになった。

　このように学者として晴れの役目を果たすようになっていた為時は、永観二年（九八四）に花山天皇が即位すると、三十九歳にして式部丞蔵人《しきぶのじようくろうど》の職につくのである。

先の「遅れても咲くべき花は……」の歌は、昨寛和元年（九八五）の春、蔵人左少《さしよう》弁《べん》藤原道兼《みちかね》の催した、遅桜を愛でる宴の席で詠んだものである。

　――その父は、今も要職にあって幸せでいらっしゃるが――

　香子はひたすらにつらい。悲しい。その心の内を知る女房たちは、

「あれ程度の殿方はほかにもおられます」

「香子様のように気高く賢いお方には、次々に慕う貴公子がお出でになります」

などと慰めてくれるが、香子はもうもう男などいらない、世の男はあのような辱《はずかし》めを敢《あ》えてするような人でなしばかり、と思い詰めている。

たまに訪れる父為時もその暗さに気づき、

「男も女も、よい所悪い所をそれぞれが持っている。よい所のみをみつめて睦み合うのが男女の仲というもの」

と教えるが、そのようなことばも耳に入らない。今の香子にとり、家族のほかの男はすべて魔物、獣なのであった。

きつい面持ちで書を読み、物語を写しとり、それを丸めて捨てるなどして、夕方になると湯帷子《ゆかたびら》に着替えて湯殿に行く。乳母や女童《めのわらわ》の湯浴みの手伝いを、今は断っている。獣にいたぶられた素肌を見られるのも恥ずかしい気がするのだ。

「乙女はかくもおぞましいか」

正時が香子をいたぶりながら、あざけるように顔をしかめ、仰々しく鼻をつまんだようすも記憶から消えない。それで体のあらゆる部位を意地になったように丹念に洗う。隅々まで洗いつくす。そうしながら、遊ばれた体のどこもが悲しく哀れに思われるのである。

誰にも会わずにぼんやり庭を眺め暮らす日々だ。そして文机を前にして思うのは父の歌である。遅れても咲くべき花は……。

そのようなある日、姉の彩子が訪れた。笑顔を浮かべ、

「うちの花見に来たの」

と香子に語りかけたが、その心の内を気づかっていることは香子にもよくわかった。

「まあ、姉上、ますますお美しくなられて」

香子はせいいっぱいの迎えの表情を心がけた。部屋で向かい合うと、彩子からはほのかな香気《こうき》もただよっている感じである。

――このような装いも考えずに、気の強いわたしは読み書きばかり――

と、すぐにわが身の不遇を思う。

その場にいない父為時のことや、弟公麿の元服の日も近いことなどを語った後、彩子は思いがけないことを言った。

「義懐様のお子さまとお会いになりませんか」

姉の夫の子――、ならば香子にとっては甥《おい》のような若殿。

「香子と同い年かしら。義懐様そっくりの美丈夫なの」

「男はいりません」

香子はそっぽを向いた。姉とても男の話題は許さない。

「やはり方々へ夜這《よば》いには行かれているようすだけれど、世には賢き女はいない、なんておっしゃっているらしいの」

「わたしは賢くありません。男嫌いで独り居が好きな女」

「意地を張らないで。殿方に慈しまれると、女は輝きを増します」

「あら、お姉様は義懐様からいたぶられてそのようにも美しくなられたの？」

「まあ、あのようにもおやさしい義懐様がわたしをいたぶりますか。いつも『そなたほどの手弱女《たおやめ》はおらぬ』と愛しんで下さるの」

「心だけね」

「子どもみたいなことは言わないで。夫婦のいとなみは心も体も一緒。香子だってすでに知っているでしょう」

「知りませぬ」

香子は彩子を睨《にら》むようにして言った。彩子はまさかというように見返しながら、

「だって宣孝様が……」

と顔色を疑うように言う。

「あれは方違えの折りに一晩泊まって戯れただけ」

「あら、すると香子はまだ乙女《おとめ》？」

「そんな話はもうなさらないで」

立ち上がってこの姉を追いかえしたいほどである。しかし、彩子はそのような香子

を知り尽くしている感じで、

「ねえ、義懐様のお子の吉成《よしなり》様と会ってあげて。女は殿方から慈しまれてこそ、より美しくなりまさるのよ」

と繰りかえす。

「別の話をしましょうよ。でなかったら、二人で庭をもとおりますか」

「ではそうしましょうか」

彩子の方から立ち上がった。二人で外に出ると、侍女と女童が従った。

桜のほか辛夷《こぶし》、山吹、しだれ柳などが、その花やみずみずしい青葉で春を告げている。見上げて小草を踏みながら、

「やっぱりわが家はいい」

と彩子は嬉しそうだ。

「鳴滝の山荘よりも？」

「それは向こうもいいけれど、あの辛夷もこの桜もしだれ柳も、みんなわたしの幼子《おさなご》の頃を知っている庭木なのだもの」

「姉上はどこにいらっしゃる時も幸せなのね」

「ええ、とても幸せ。香子もふさぐのは止めて幸せを見つけるのがいい」

「殿方と添うことと？」

「そう、吉成様とお会いして愛しみ合えば、新しい幸せが見つかります」

話題はやはりそこに戻る。

「男は獣《けだもの》です。姉上はそれを知らない幸せ者」

「男は雄々しい慈しみの人です。香子はそれをまだ知らないのですか」

源正時も初めはそうであった。しかし、もうもう許せない。そのような香子の心の内が見えたように彩子は話題を変えた。

「そう、男の中でも最も幸せなはずの帝が、おかしな暮し方をなさっていることを香子は知っていますか」

「花山の帝のことは父君からお聞きしました」

「そう、お側に仕える義懐様がよく知っていらっしゃいます。その上父君の冷泉院《れいぜいいん》様も、帝の頃はよく番匠《ばんしよう》（大工）の小屋の屋根に上がって、月見をなさったりもしたそうです」

「身分が低くとも、式部丞蔵人の地位にある父上の子のわたしたちは幸せなのですね」

「そう。それに下人《げにん》にもすてきな若者はいます」

そこで足を止め、彩子はあらためて香子をみつめた。

「ここへ来る道すがら、わたしは田圃《たんぼ》を掘りかえしている農夫を見ました。車を寄せたらその若者はわたしに笑顔で会釈《えしゃく》したんです」

「まあ、下人に近づいたの」

「とても凛々《りり》しい若者で、心から働くことは楽しい、幸せという顔をしていました」

「下人は盗みや殺しばかりするのではないの」

「そんな人はごく一部でしょう。香子もたまには外に出て、町並みや田圃を眺めてみたらどうですか。人間、誰でもいい所と悪い所を持っているもの」

「義懐様にも姉君にも悪い所がおありなのね」

「当り前でしょう。神や仏ではないんだから。そして相手のいい所を讃《たた》え、悪い所には目をつむるとか、許すとかするのが愛し合うということ」

　父為時の同じようなことばを思い出しながら、この姉にも思いわずらうことがあるのだろうか、と思った。そして姉のことばのように、邸にばかり引きこもっているのを止めて外に出てみようかとも考えた。

　庭をゆっくりとひと巡《めぐ》りし、姉が侍女や雑色《ぞうしき》、童たちにねんごろな挨拶をして帰ると、香子はこの姉の訪問によって、心の疵《きず》が少し癒《い》えた気がした。

――悪いことは頭から振り払って、良いことのみを追い求めること――

そして、彰子のすすめる吉成との逢瀬《おうせ》はともかく、広々とした田園で働く若者の姿を見るのもいいかもしれない、と気持が少し動いていた。

乳母や侍女がそろそろ田植も済んだ頃だと言うので、庭木も緑を濃くしたある日、香子は壺装束《つぼしようぞく》姿で栗栖野《くるすの》あたりの田圃を見に出かけた。ふだんより多い雑色、小冠者《こかんじや》を従わせている。

町並みをはずれると、思いなしか青葉の匂いが車の中にも忍び寄って来る気がした。目的地の栗栖野《くるすの》に着くと、広い田園のあちこちで働いている者たちがいた。それを指さして侍女は説明する。

「あの人数の多いところでは遅い田植をしているのです」

「一人か二人かがんでいる田圃は、転んだ苗などの植え直し」

「男の人が畦道《あぜみち》を歩いているのは、田圃の水加減を見るためです」

それを聞きながら香子は、

――下々はみなおろかしい暮し、などという考え方をしてはいけない。農民たちはあのようにせっせとわたしたちのために米を作ってくれている――

とあらためて思う。

侍女の手を借り、被衣《かずき》で顔を隠したまま車から降りた。初めての農地はこわい感じがしたけれども、みずみずしく広がる田園を見渡すと、邸での狭く暗い心がさっぱりと洗われ、やわらぐ気がした。

やがて侍女は間近にいる若い男を香子のそばへ伴った。

「嘉兵衛《かへえ》という方で二十歳とのことです」

紹介された男は上目使いに香子を見て会釈した。香子も固くなってお辞儀し、

「お忙しいのですね」

と言った。

「はい、忙しい。百姓は毎日田畑で働きづめです」

「男の方も、女の方も」

「女の方が男よりもたいへんです。百姓仕事のほかに飯炊き洗濯。それから餓鬼《がき》も育てなければならない」

「あら、かわいい子を餓鬼なんて言わないで」

「それが俺たち下人のことばなのです。ほら、そこで植え直しをしているのが、俺を生み、餓鬼の頃から田畑の仕事をさせた母です」

「どんなにお疲れでしょう。かぐや姫の生まれや生き方をご存じでしょうか」

「昔語りに聞かせてくれましたよ。百姓は字は読めないが、語り聞かせで昔話は覚えています」

「母君のお話が聞けるかしら」

はい、と答えて嘉兵衛は畦道を行って母親に近づき、手を取って田圃から引き上げると香子のところへ連れてきた。皺《しわ》だらけの顔に泥のなすりついた老婆は、

「被り物で顔をかくしたお姫様は、どこの人かな」

と訊ねた。礼儀知らず、と言われた気がした。ままよ、と香子は被衣をはずした。あわてて雑色たちが香子を取り巻いてその楯《たて》となった。それを押し退け、

「京極の邸に住む、藤原為時の娘香子です」

と名乗った。

「ほう、なかなか美しい、気のいいお姫様だ。毎日、食って寝て歌でも作っているか」

「はい、ほかに物語を読んだりもしています」

「やっぱり働かないんだな。かぐや姫の話も、おらたちのように親から聞くのではなくて、本で読むのか」

「乳母からも聞かされて、七歳の頃には本で読みました」

「何をしにこんなところへ来なさった」

「あなたの息子さんのような、働く若者に会うためです」

「ああ、あんなにいい働き者はほかにいない」

「お母様はお幸せなのね」

「連れ合いを早くに亡くしたから、幸せなどと言っていられないが、息子がせめてあのようだから、まあまあ恵まれている」

その嘉兵衛は、向こうで母のやり残した植え直しにかかっていた。

「ねえ、お母様。あなたはどんなときに一番気が晴れますか」

「それはもう決まっているね。お姫様、この田圃を見て下さい。百姓には、植え揃った田圃ほどすばらしい眺めはない。ああ、みんなで働いた田圃があのようにも美しい、と心から思うよ」

そして目を細め、嬉しそうに広い田園を見渡した。かがみこんで働いている息子と目が合うと、若者は苗をつまんだ手をふと上げ、母の視線にこたえた。

「仕事を終えた安らぎと、さわやかな田圃の風景が結びつくのね」

農民の心がしみじみわかる気がした。

「ああ、百姓はいつも仕事、仕事」

母親はそう言うと田圃へ戻っていった。

——百姓も殿上人《てんじょうびと》も、果ては帝も、その人なりの幸せと不幸せを持っている——

あらためて思いながら車に戻った。働き者のきつい汗のにおいも、今の香子は気にしていなかった。

そして歌と物語の日常に戻ると、

——人が世に生きる幸せって何？——

香子はそればかりを考えるようになる。

そしてそれから間もない寛和二年六月二十三日夜、花山天皇は突然剃髪《ていはつ》して帝の地位を離れるのである。側近の義懐も一緒に出家して官を退いた。宮廷で権力をわが物としている右大臣藤原兼家は、自分の孫にあたる懐仁《かねひと》親王を何とか早く天皇の位につけたいと思っていたから、花山天皇の早すぎる剃髪も兼家の策略に発するものであった。義懐の山荘からは女房たちがみな逃げてしまい、彰子は一人暮らしとなる。

そして花山天皇と親しかった為時もまた式部省大丞の職を失い、親しかった女たちにも通えない無官の大夫である。香子、公麿と共に、やはり女房たちの去った邸に引きこもり、貧困、奈落の日々を過ごす。

——わたしたちも下民の仲間——

香子は田圃で働く農民の姿を思い浮かべては、父の失職のきびしさを思い知っていた。

第三章　彷徨

暗黒の日が続く中、藤原宣孝のみは時折便りをくれた。しかし香子は返事を書くこともなければ、たまさか邸に訪れても受け入れる気持などは全くない。ただただ歌と物語のみで日を過ごしている。

正暦《しょうりゃく》元年（九九〇）香子二十一歳の年に、宣孝は筑前守に任じられて九州に赴任して行ったが、もちろん追いも見送りもしない。しかし宣孝は便りを続け、時には香子十六歳の頃に戯れた歌を書いてよこしたりするのである。

いづれぞと　色分くほどに　朝顔の
　あるかなきかに　なるぞわびしき

これも無視である。

宮廷では権力者の藤原兼家が亡くなり、長男の道隆《みちたか》が摂政としてそれに代わっていた。

それにしても毎日が侘《わび》しい。京極の同じ邸で暮らしているのは、もはや女たちのもとへ通えなくなった、空しい面持ちの父為時と、夫義懐に出家されて鳴滝の山荘から戻ってきた姉彩子、そして昨年元服はしたが、変わらず職につくでもない公麿＝惟規《のぶのり》である。彩子は独り身となってからは体も弱って床についたままだし、惟規は毎日どこかへ出かけては不機嫌な顔つきで戻ってくる。奉公人たちは次々に去り、残っているのは老いた女房と雑色の二人だけになっていた。辛うじて車は残しており、時に雑色が牛方の役をつとめている。

そのようなある日、女房が香子に語りかけた。

「思いきって筑前においでになったらいかがですか」

「とんでもない」

即座に香子は断った。

「あんなに年のいった宣孝様なんて、若いわたしの相手ではありません」

「けれども、父君の為時様でさえ、心を寄せてくれる男がいるうちこそ女は華、宣孝ごとき者でもいいから、添わせるのがいいかもしれない、とおっしゃっていましたよ」

香子もそのような父の思いを聞かされたことがある。しかし耳を貸しはしなかった。

――もし添うならば――

姉をあれほど興奮させた義懐様のような殿方が望ましい、と思ったりもするが、男との逢瀬《おうせ》は即座におぞましい正時の狂態に結びつく。

「聞くところによれば、蜻蛉日記《かげろうにっき》という本は、人様の奥方がお書きになったものなそうですね。妻となられても歌や物語に生きられるのではありませんか」

「あなたはそれを読んだの？」

「いいえ、読みはしませんが、為時様にとってはよくない殿方と添った人の作った物語だということは聞いています」

「そう。藤原兼家卿の奥方です。妻としての苦しみや悩みを生々しく書いていらっしゃいます」

「ご自分のその日その日のことをありのままに書かれたとか」

「そう、だから日記、『かげろうのにき』とも言われます」

「そのような本を香子様もお書きになったらどうですか」

「そうね……」

こたえながら、はや五十を過ぎたはずの作者の面影を思っていた。

おとにのみ　きけばかなしな　ほととぎす
ことかたらはんと　おもふこころあり

声のみが聞こえて姿の見えない時鳥《ほととぎす》のように、あなたは美しいという評判だけが聞こえている。何とかお目にかかって語り合いたいものです。――二十六歳の兼家が、十八歳の作者に送った恋歌である。

それにこたえて結婚した女性は、愛する男の身勝手な振舞に傷つきながら、その愛と苦しみを乗り越えようと悩み続ける。子どもも生んでおり、女としてのみならず、母としても生き続けなければならない。その思いが時にはやさしく時にははげしく、控え目な文章でみごとに表現されているのである。父が兼家の画策によって職を失ったのは、香子が蜻蛉日記を読んでからずっと後のことだから、作者兼家妻に対する尊敬と憧れの気持は変わることがなかった。

――女は愛し、愛され、傷つき、悩んで初めて人間がわかり、世に広まる日記や物語が書けるようになるのだろうか。とすれば今のわたしは経験も考え方もまだ浅い。

「世の中は誰もが幸せいっぱいではないのね」

しみじみ言うと、年老いた女房はうなずいてこたえた。

「それはそうですよ。どのようにお偉い方でも、たとえ帝様でも」

「けれども、このくやしい遣る瀬《やせ》無い気持が、どうすれば振りきれるのでしょう」

「床につきっきりのお姉様と、じっくりお話をなさったらいかがですか」

「そうしようかしら。姉上もいろいろな生き方を学んで、今はずっと床の中で考えにふけっておられるのだから」

傷ついているのは香子ばかりではない、姉も父も弟さえも同様なのである。

彩子は病床で力ない笑いを浮かべながら、やはり先に持ちかけていた夫義懐の子吉成との縁組を勧めた。

「ほんとうに義懐様そっくりの美男子で心のやさしい方です。宣孝様のようにお年を召してもいない、ほら、香子と同い年と言ったでしょう。何よりも吉成様は香子のように賢い女を求めておいでなのです」

わたしなど決して賢い女ではない、と思いながら、やはり歌と文の日常を思う。たまには狂人正時の面影を振り払い、彼と正反対の雅《みやび》な男性を夢見ることも皆無ではないのだ。

「賢い女を求める吉成様は、やはり詩歌をよくなさるの」

「義懐様に学んでいらっしゃいますから」

「そういう方なの――」

世の若い男すべてが正時そっくりということではないのだ。

「若さを楽しみなさい。きつい顔で文字ばかり見ている女なんて、この世では香子だけですよ」

「みんな遊んでいるのね」

「そう、それがわたしどもと下人との違い」

それを聞きながら、香子は栗栖野で会った嘉兵衛という農民を思い起こしていた。

――あのような若者も素敵。けれどもやっぱりわたしのような者には似合わないに違いない――

そして香子は思いきって吉成と遊び始めた。これが当世風の女の生き方、とも思う。

そして、吉成には吉成らしい女の愛《め》でようがあることを知り、

――心も体も、愛も遊びもみなその人なり――

と知るのである。あの狂人正時もその中の一人であったのか。

そして吉成との遊びは、正暦五年（九九四）、病弱の姉が大和の国を広く侵した疱《ほう》瘡《そう》にかかって亡くなるまで続いた。

母親のようにやさしい姉を失った香子の嘆きは大きい。なぜ遊びなどせずに日毎夜《ひごとよ》毎《ごと》彩子の枕辺に添って話し合わなかったのかと悔やまれてならない。

吉成と会うこともやめると、すべてが空しい。姉のいない生活はただただ孤独で遺る瀬無いのである。

この間、兼家妻の蜻蛉日記のような文を全く書かないのではなかった。しかし香子は正時、吉成との男女関係や、母のような姉を冥土《めいど》に送った悲しみを文として後に残したくはない。それである日、先に焼き捨てた日記のほかに残っている、生まれて二十五年の足跡を残す書き物を、すべて雑色に頼んで深く土中に埋め込んだ。ほかに姉そっくりの面立ちの友人を見つけ、特に願って「姉上」と呼ばせてもらうようなことも試みた。しかし胸内はそれでも暗く、これで生きる意味があるのか、つらい、姉上の後を追いたい、と思い詰めるまでになる。

しかし一方では、いや、誰もがこうして迷いながら空しく、あるいはうたかたの遊びに生きている、と考えることもある。帝の中にさえ、常人とは考えられぬような暮しをなさる方がおられるのだ。それを思えば、わたしの曾祖父は三十六歌仙にもなった藤原兼輔《かねすけ》様なのだから——と、香子の迷いは堂々巡りを続ける。

そのような香子への恋文を絶やさなかった宣孝は、姉彩子が亡くなった翌年の長徳《ちようとく》元年（九九五）には筑前守の任を終えて帰京し、また京極の邸に訪ねてくるようになった。こちらもはや二十六歳だが、しかし宣孝は四十五歳で変わらず叔父のような存在なのだ。やはり相手にすることはない。

そしてこの年摂関家の藤原氏は、兼家長子道隆が四月に死亡し、五月には第四子道《みち》兼《かね》と蜻蛉日記の作者道綱母《みちつなのはは》が六十一歳で亡くなるなど、不幸が相次いだ。その中で第五子道長《みちなが》が内覧の宣旨《せんじ》を蒙《こうむ》り、右大臣に昇進して同族の頂点に立つのである。

それが決まって間もなく、宣孝がいつもとは違う表情で香子の西の対を訪れた。

「世は変わります。故に香子様はわが妻となられますように」

「わたしは宣孝様など相手にする気持はないのに、どうしてこのようにもしつこくお出でになるのですか」

「香子様が世のいかなる姫君とも異なる、気高く聡明な方だからです」

「そのような嘘は聞き倦《あ》きました。わたしは女らしさなど全くない、学問だけが生き甲斐《がい》のかたくなな女です」

「いいえ、あの名高い六歌仙の小野小町《おののこまち》も及ばぬ美姫《びき》にして学者でいらっしゃる」

言いながら肩を抱くと口吸いをした。

「あら、何年ぶりのいたずら」

「清い愛のあかしです」

「宣孝様のお心もわたしの体も、もはや清くなんかありません。特にこのわたしは多くの男と抱き合い、睦《むつ》み合っています。もはや遊び女のようにも汚れた女です」

「物語は嘘を真の如くに書くから面白い。だから香子様がどのようなことをおっしゃっても書いても構いません。わたしは香子様が歌、学問、物語に生きる賢い常《とこ》処女《おとめ》であると心から信じて敬っております」

「ならば筑紫で遊んだ女の方にしたと同じことを、わたしにもなさったらいかがですか」

「よ、よろしいのですか」

宣孝は仰天した面持ちになった。

「わたしも歌や物語のために、多くの殿方のなさりようを学ばなければなりません。その上わたしはどうやら素腹《すはら》」

「子の生めぬ体でいらっしゃるのですか」

驚きの表情を見せると、「ならば」と宣孝は香子に寄り添い、塗籠《ぬりごめ》に入った。そしてすぐさま直衣《のうし》を脱ぎ捨て、香子も薄紅の裳《も》から袙姿《あこめすがた》となる。たちまち宣孝は狂った。

　そして人心地つくと宣孝はしみじみ言った。

「やはり香子様はお年から十歳以上も若い常処女であられた。あくまでも清くあどけなく美しい。そのような方を愛でた宣孝は、京にも筑紫にもいないこの世の果報者」

　嘘のようには聞こえない。真底《しんそこ》嫌いなはずの宣孝のそのようなことばが、香子には快くひびくのである。そしてすぐに思う。

　――三十歳間近のわたしもやはり衰えたのか。まわりによく見られる、甘いことばを喜ぶ女になり果てるなんて。しかも相手はこのようにも年のいった、遊び心だけで品格もない宣孝様なのに――

「香子様はやはり小野小町も清原元輔《きよはらのもとすけ》殿の娘御も及ばぬ賢きお方でした」

　どこまでも褒め続ける宣孝に香子は訊ねた。

「元輔様のお娘とはどのような方ですか」

「二年程前に中宮定子《ちゆうぐうていし》様のもとに出仕なされた、この上なく賢く美しい方です。暇《ひま》さえあれば筆を執り、楽しげに何事かを書いては、中宮様やまわりの女房たちに見せていらっしゃるとか」

「そのようなことをなさるのが、恥ずかしくないのでしょうか」

何やら反発を覚えた。自慢げに自分の作を見せびらかすなど、とてもわたしにはできない。

「しかし、そのうちに香子様も宮中に召されるかもしれません」

そのようなことは遠い昔の夢である。しかし宣孝の腕の中で聞くと、なぜか心が潤《うるお》った。

「その前にぜひぜひこれなる宣孝の妻になって下さるように」

宣孝は若者の如くひたすらに香子を求め続けた。

第四章　蘇　生

庭先の薄雪を眺めながら、香子の心は重く、とても新しい年を賀する気持にはなれない。父為時は変わらず無官の大夫、母のような姉彩子は二年前に黄泉路《よみじ》へ旅立ち、香子の孤独は癒《いや》されることがなかった。宣孝だけは変わらず言い寄ってくるが、日を追って彼があちこちに生ませた子の噂が耳に入る。息子の中には香子とさほど年の違わない若者もいるということだ。空しい。

家旧門閑只長蓬（家旧《ふる》く門閑《しずか》にして只長蓬在り）
時謁客无事條空（時にも謁客无《な》く事條《じじょう》空たり）

為時が憂鬱《ゆううつ》な心情をこのような詩にしていることも香子は知っていた。
つらい、空しい思いで日々を過ごしているところへ、思いがけない嬉しい知らせが届いた。無官だった父為時が、この年長徳二年（九九六）正月二十五日の県召《あがためし》の除目《じもく》で淡路守《あわじのかみ》に任ぜられたのである。それを聞くとすぐ、

「おめでとうございます、父上」

と香子は抱きついた。それを受け、

「おう、長くお前たちにも苦労をかけた」

と、為時も久方ぶりの和《やわ》らいだ笑みを見せたが、

「しかし、淡路は下国《げこく》よのう」

とどうやら不満そうである。無官は無官なりに、胸に抱いていた夢もあったのであろうか。そばにいた弟の惟規《のぶのり》も、

「そう、任官されるならば大国《たいこく》がいい」

と同意する。その国の場所や土地柄、物産の種類や量等により、それぞれの国は大国、上国、中国、下国と位置づけされていたのである。

さっそくに為時は申文《もうしぶみ》をしたためて一条《いちじよう》天皇の女房に託した。その文章の中には次のような一節を入れている。

苦学寒夜（苦学の寒夜）

紅涙霑袖（紅涙袖を霑《うるお》し）
除目春朝（除目の春朝）
蒼天在眼（蒼天眼に在り）

冬の寒い夜も学問に刻苦勉励《こっくべんれい》し、血の涙で袖が濡れるほどであったのに、それも認められないような官位とされた除目の日の翌朝は、晴れ上がった青空を空しい思いで眺めるだけです――。


十七歳の若い学問好きの一条天皇は、これを読まれていたく感動し、

「このような学者を不似合いな下国に任じたのか」

とわが不明を恥じた。その上純粋な気持で日々を過ごしておられる帝だから、誠に済まない恥ずかしいことをしたと、鬱々《うつうつ》たる表情の毎日である。伺候《しこう》した藤原道長がそれに気づき、訳をお聞きすると、一条天皇は、

「折角のすぐれた学者を下国の国司に任じたので、このような不満を述べた申文をもらった。わたしはこの上ない愚《おろ》か者なのだ」

とそれを見せられた。目を走らせた道長は、すぐに代案を申し上げる。

「ならば大国越前《えちぜん》の国司といたしましょうか」

「そのような事が簡単にできるのか」

「すでに朝議で決まったことを変えるのはやさしいことではありませんが、越前の国司に任ぜられた源国盛《くにもり》はわたしの乳母の息子です」

「何と」

「それで、どうにか言いくるめることができるかもしれません」

「当たってみてくれるか」

帝も期待の色を見せた。道長は続ける。

「それに越前には問題が起こっております。宋《そう》の国の船が越前の入江に漂着して、それに乗っていた者たちを敦賀《つるが》に抑留しているのです。しかしことばがわからなくてどちらも困っております」

「なるほど、そこへ漢詩をよくする為時が参れば、話が通ずるかもしれない」

「話すことばはともかく、文字による意志の伝え合いはできましょう」

「よし、そのように決めてもらおう」

国盛説得の問題はあったが、それも難なくかたづき、正月二十八日には為時の大国越前への任官は確定した。

この知らせを受けた京極の為時邸は大いに賑《にぎ》わう。無に等しかった謁客が毎日押しかけては笑顔で祝意を述べた。祝いの金品も山ほどである。

——長く暗かったわが家に春が蘇った——

香子自身、十代の青春時代に戻ったような気持である。

それから為時の家は赴任の準備に大童《おおわらわ》であった。普通、この期間は半年を越えると言われている。亡き母に代わって身の回りの世話をするため、香子が付き添うこともすでに決まっていた。

その香子には女友達から何度も祝いの歌が寄せられ、宣孝からは変わらぬ愛の文が届けられた。その一つに
——あなたと会えないでいると、紅涙がにじみます。これこの通り、紙には滴《したた》ったその血がにじんでいます——

といったものも混じる。それにはたしかに朱が点々と落とされており、芝居がかった宣孝の遊び心が丸見えだった。このような宣孝は変わらず寄せつけたくないが、しかし此の頃《ごろ》は全くの他人という感覚ではなくなっている。この間は香子の常処女を本気で讃えてくれもした。それで返しの歌を送った。

紅の　涙ぞいとど　うとまるる

血の涙が滴った跡だなどと言われると、さらにあなたが嫌いになります。それはいつものあなたの移り気を表す色にしか見えませんから。

これを送った後、やはり彼の周囲にいる女たちや、その息子、娘たちのことを思うのである。

移る心の　色に見ゆれば

そしてこの年の四月末、道長の兄関白道隆の子で、前の年に道長と覇権を争って敗れた藤原伊周《これちか》が左遷されて大宰 権帥《だざいのごんのそつ》となった。罪状は弟隆家と共に花山院に弓を向けたこと等であったが、道長の中関白家を貶《おとし》める政略であることは明らかである。中宮定子は伊周の妹であったから、その邸内に検非違使庁《けびいしのちょう》の下人が乱入するなどの事件があった後、髪をおろして尼《あま》となった。

香子はこのような動きの中で、十年前の父為時失職のいきさつを思い起こすなどした。そして追放された伊周の心情を心から思いやりもするのである。

赴任の支度に明け暮れ、夏になると同じ京極に隣り合わせで住んでいる為時の兄藤原為頼《ためより》から、姪の香子のところへ餞別《せんべつ》が贈られてきた。それは薄紅色の小袿で、歌が二首添えられている。

越前へ下るに小袿の袂《たもと》に
夏衣　うすき袂を　たのむかな
祈る心の　かくれなければ

人の遠き所へゆく、母に代りて
人となる　程は命ぞ　惜しかりし
今日は別れぞ　悲しかりける

嬉しい。幸せいっぱいの気持になる。このように歌が好きで物語もよく聞かせてくれた伯父は、幼い頃から大好きな存在だ。

一方、為時は夏が過ぎ、秋も深まると、いよいよ赴任ということで左大臣藤原道長の所へ挨拶に参上した。越前守に決定したときは、任料と言われる米俵を何俵か道長に献上している。

「わが一族なる為時殿を、長く無官としていたなど、誠に申し訳ない」

三十歳の道長はさわやかな笑顔で迎えてくれた。

「いいえ、冬嗣《ふゆつぐ》系の末流ですから」

かしこまると、

「いや、あなたの母君は三条の右大臣定方《さだかた》様の娘御で、その姪にあたる人がわたしの妻倫子《みちこ》を生んでいる」

と親しげに為時を見る。

「はい、わたしもそれは聞いております」

「末流どころか、あなたは倫子の母と従姉弟同士ということだな」

「考えてみればそうでございます」

「それにしても、そのようなあなたを、初めは下国の国司とするなど、たいへんな失礼をした。心から詫びる」

「とんでもない。失礼な申文まで差し上げる無礼を犯しましたのに、ありがたい思し召しをいただき、誠に光栄でございます」

「それにしてもすぐれた詩歌であった。帝もとても感心なさいましたぞ」

「身に余ります」

「それから宣孝」

「は？　あの藤原宣孝ですか」

「うむ、宣孝が折にふれて為時殿の英才ぶりをまわりに知らせ、わたしにもよく昔の同僚時代のことを聞かせてくれた」

「蔵人時代のことですか」

為時は驚いた。永観二年（九八四）十月、藤原宣孝は蔵人左衛門尉《さえもんのじょう》として蔵人式部丞の為時と同じ部署についていたのだ。そして二人は正月の賭弓《のりゆみ》で争いごとが起こった時、共に仲裁役も命じられている。その頃宣孝の専横ぶりに嫌気がさし、娘香子の相手としても認めなかったのに、そのような宣孝がわたしを英才に祭り上げるなど、とても信じられなかった。

「この度の為時殿の越前守任官についても、とても喜んでわたしを褒めあげている。事あるごとに為時殿の栄進を勧めてもいた」

「……」

まさに仰天であった。

京極の邸に帰った為時は、さっそくにこのことを文章生《もんじょうせい》となった惟規や姉の香子に伝えた。

「信じませぬ」

宣孝のことになると変わらず香子は素っ気ない。そのような帝への進言など、海千《うみせん》山千《やません》の宣孝らしい策略かもしれないのだ。このあいだも、香子様を思うこの気持はまさに二心ない純粋なものだ、などと言ってよこしたので、宣孝の遊び相手、近江守《おうみのかみ》源則忠《のりただ》の娘のことにもふれて、袖にする歌を送っている。

近江守の娘懸想《けそう》ずと聞く人の二心なしなど常に言ひ渡りければ、うるさくて

湖に　友呼ぶ千鳥　ことならば
やすの湊に　声絶えなせそ

見えすいた嘘などつかずに、近江の方のいる湊《みなと》にだけいらっしゃい。

そして遠くの山には雪さえ見られるようになった初冬の頃、為時は任地に向かい、香子はそれに従った。為時は願いの叶った大国国司任官の旅、香子にとっては母代わりに父の世話をする親への奉仕の旅、宣孝のしつこい求愛を避ける旅でもある。

途中、珍しい風景に出会うと、香子はどうしても歌が詠みたくなる。琵琶湖《びわこ》のほとりでは、

みおの海に　網引く民の　てまもなく

立居につけて　都恋しも

と詠んだ。湖岸をはじめ、田舎の風景を見ていると、どうしても住み慣れた都が思い出されるのである。

塩津山といふ道のいとしげきを賤《しず》の男《お》の怪しきさまどもして、「なほ辛き道なりや」と言ふを聞きて

知りぬらむ　往き来に慣らす　塩津山
世に経る道は　からきものぞと

先に会ったことのあるたくましい裸の男も思い出す。
国府に着いた時は、真っ白な雪の山がごく近くに見えた。

暦に初雪降ると書きたる日、目に近き日野の嶽《たけ》といふ山の、雪いと深う見やらるれば

ここにかく　日野の杉むら　埋む雪

小塩の松に　けふやまがへる

まさに異国に来た、という感じである。

父為時は赴任するとさっそくに土地柄を調べたり、部下の官吏たちにさまざまな指示を与えたりしながら、精力的に仕事に打ち込んでいる。ほんとうに嬉しそうで、香子も女房たちとともに、その身辺の世話をした。そしてやはり父が職を得た家庭の幸せを噛みしめるのである。

しかし、寒過ぎて都風の建物も全く見えず、親しい友は一人もいない上、たまさか目にする地方の貧しげな住民の姿もうとましくて、香子はどうしても都のわが家を思い出してしまう。

暮れにはまさに越前らしい大雪が降り、それが珍しいと女房たちははしゃいで、北国の人たちの大雪の扱い方や風景を珍しがってははしゃぎまわる。しかし香子の気持は冴えないままだった。そのような雪にしても、

古里《ふるさと》に　帰る山路の　それならば
　心やゆくと　雪《ゆき》も見てまし

と詠んでしまうように、やはりひたすら都が恋しいのである。

そして都に残っている宣孝のことが頭に浮かんだ。宣孝は会いに来てはよく言ったものである。

「年が明け、春を迎えたならば、いかな雪国でも雪は融けます。あなたの心もあたたかくやさしく融けるでしょうから、その時はあなたのもとへ参ります。敦賀に漂《ただよ》い着いた宋人たちが越前の国府に移されたとも聞いているので、その異国人の見物かたがた必ず参りますから」

しかし長徳三年（九九七）の初春を迎え、さらには雪解けの頃になっても宣孝は来るようすがなかった。

――やはりあの人は都の女たちを訪ねまわるのに忙しい――

その気持を歌に詠んだ。

春なれど　白ねのみ雪　いや積り
融《と》くべき程の　いつとなきかな

こちらの冷たい思いも融けることはないのである。

それにしても、親しめないことばや風俗の中で暮らす日々は、香子にとってつらくさえなり始めていた。そのような香子の心情がわかり、為時もよく勧めた。

「そなたもそろそろ三十の齢《よわい》を迎える。宣孝は真実、わしの任官のために尽くしてくれた男ぞ。今は正五位中宮大進の要職にもある。しかもそのようなことをそなたには全く明かさないというのだから、実にさっぱりした男らしい男ではないか。この父さえ、宣孝殿への昔の評価は間違いだったと、すっかり見直している。帝や道長様の覚えもめでたい。香子もそろそろ心を開け」

何度もそれを聞いているうちに、香子も嫌悪の情ではなくて、単なる行きがかりで拒絶を続けているような気分になっていた。そして、このようにわが身にそぐわぬ風土の中にいるよりも、せめてかたくなな学問女の自分のような者に対してでも、長く思いを寄せ続ける宣孝様のもとに行くのが、あるいはまともな生き方かも知れない、と考えたりもするのである。

長徳四年（九九八）正月の除目《じもく》で、宣孝は右衛門権佐《うえもんごんのすけ》に任じられた。為時はそれを香子に知らせた折にまた勧めた。

「宣孝殿はかくも有能で帝、道長殿の覚えのめでたい役人じゃ。これからもどこまで昇進するか、予想もつかぬ。その上、これまで二十年間にもわたり、達筆で日記もつけているとのことだ。やはり香子にはふさわしい殿方」

まさか、と思う。宣孝は決して達筆ではなかった。しかし、こだわりなく明るい宣孝らしい、おどったような文字で便りをよこす。こちらは好意を持たなくとも、どこやら芸達者な学術の人、という感じはするのだ。

――しかも日記を二十年も――

香子が記録をすべて焼き捨てた期間の世の記録もなされていることであろう。ならばわたしがいつか作る物語のためにも役立つか。

「朝廷の礼式・故実にもくわしい有職《ゆうそく》でな。歌舞《かぶ》もたくみだ」

昔ならばとても考えられない褒め方だが、しかしただただ自分の栄達を蔭で援助した故に、ありがたくて追従口《ついしょうぐち》をきいているとは思われなかった。

少しずつ宣孝の新しい側面を知った香子は、それを直接会ってたしかめたいという気持になりもした。それでその年の桜咲く頃には帰京を決める。為時はそれが宣孝との結婚のためと決め込み、婚礼から三日目に夫婦が楽しむ三日《みか》の餅《もちい》などについても話して聞かせた。心《しん》から喜んでいる。

さまざまな支度を終え、香子が京極の邸に戻ったのは三月も末になってからで、はや若葉の季節になっていた。

名に高き　越の白山　雪馴れて
　伊吹の嶽を　なにとこそ見ね

琵琶湖で船に乗り、まだ雪をまとっている伊吹山を眺めて詠んだ歌である。

戻った香子を、惟規はじめ乳母も女房もみな喜んで迎えた。

「いよいよ香子様も宣孝様をお迎えになるのですね」

「そんなこと決まっていません」

素っ気なくこたえたが、驚いたことに、西の対の自分の部屋が見違えるようにととのえられている。壁代《かべしろ》も几帳《きちよう》も塗籠《ぬりごめ》もみな真新しく見えた。為時がすでに香子は結婚するつもりになっている、とでも伝えているのであろうか。

その部屋に運び込ませた荷物を整え終わると、真底香子はくつろいだ。やはり自分は京極の生家で歌、文に親しむのが似合わしい女なのだ。

仏間で亡き母に帰宅の手を合わせ、湯殿に移って湯浴みをした。香子の見知らぬ若い女房が肌を流してくれる。やがて長く香子、惟規を母のように慈しんでくれた乳母

がそれに代わった。そして髪を洗う香子に手を貸しながら、

「見違えるようでいらっしゃいます。どうしてこんなにも美しくなられたのですか」

と、心から驚いている口調である。

「何のこと？」

聞き返すと答えた。

「お父様も、香子はこの頃人間が変わったように面立ちがよくなった、と使いの者に言ってよこされました。とても驚いているとも」

まさか、と思う。日頃鏡で見るのは、昔ながらのきつい顔でしかない。

しかし乳母はさらに続けた。

「宣孝様のお蔭ですよ。女は人様に本気で褒められると、ますます美しくなります。別人となったかと思われるほどにも変わるものです」

とても乳母が嘘を言っているとは思われなかった。たしかに宣孝は信じられないほどの熱情をこめて香子を常処女と讃え、その美貌《びぼう》を礼讃している。それに反発はしたが悪い気もしなかったのは事実だ。

さらには数々の物語の主人公を思い起こしながら、生来の我を通し続ける人、別人のような変容を遂げる人、不幸なまま死ぬ人、思いがけない幸せをつかむ人と、世は

人それぞれと思うのである。

――人間は変わる。宣孝様もそしてわたしも――

湯殿から自分の部屋にもどると、香炉、鏡台、褥《しとね》、櫛笥《くしげ》、厨子棚《ずしだな》と、なつかしの家具や品々に囲まれて、香子はすっかりくつろいでいた。そしてわが胸内をたしかめると文机に向かい、自分の面立ちが変わったことへの驚きとか、宣孝との結婚の意志が固まりつつあることなどを記すのである。

第五章　結　婚

弟の惟規を通して香子の帰京を知った宣孝は、さっそくに京極の西の対を訪れ、ひたすら愛を交わす。心も体もそれに馴染み、喜んでいるのを、香子は実感していた。その折の宣孝のことばとか乳母、女房、惟規の噂話で、宣孝の他の女たちとの関係や生んだ子のことなども知る。

女はまずは下総守《しもうさのかみ》藤原顕猷《あきみち》の娘であり、生ませた子は隆光《たかみつ》ということだ。次は讃岐《さぬき》守平季明《としあき》の娘で子の名は頼宣《よりのぶ》、さらには中納言藤原朝成《あさひら》娘との間には、儀明《のりあき》・隆佐《たかすけ》・明懐《あきちか》と三人の名が知られていた。しかしこちらにしても噂に聞く小野小町のような常処女ではないのだ。そして宣孝は香子を小町も及ばない才媛《さいえん》と褒めちぎってくれている。そのようにも褒められてわたしは変わった。

やはりこのような自分の結婚相手は、宣孝以外にないと心を決めた。父為時もそれを望んでいるし、わが家は彼を迎え入れる経済的ゆとりもできている。

結婚の意志を何度もたしかめ、訪れた宣孝にそれを伝えると、宣孝は若者のように躍り上がって喜んだ。そして歌を詠み交わす。

け近くて　誰も心は　見えにけむ
　ことば距《へだ》てぬ　契りともがな　　宣孝

へだてじと　習ひしほどに　夏衣
　薄き心を　まづ知られぬる　　香子

岑《みね》寒み　岩間氷れる　谷水の
　ゆく末しもぞ　深くなるらむ　　宣孝

宣孝「このように深い仲になると、どんな方でもわたしの心は見通しなのですから、これからは全く語り合わなくとも愛の契りが交わせますね」

香子「あなたから遠ざかろうとしたことはありませんが、前から夏衣のように薄っぺらなあなたの心は分かっていました」

宣孝「あなたとの間は、寒々しい山や凍った岩間を流れる谷水のようでしたが、これからは温かく深い仲になることでしょう」

そして長々しい文のやりとりもする。その中で香子は女の楽しみ、結婚できることの幸せを何度も噛みしめていた。

八月二十八日の除目で、右衛門権佐《うえもんのごんのすけ》の宣孝は山城守《やましろのかみ》を兼任させられることになった。それを逸速《いちはや》く弟の惟規が香子に知らせて祝福する。

「すごい人だね。とても五十近い人とは思われないようなととのった顔をしているし、今年のうちに右衛門権佐と山城守の双方を兼ねる出世ぶりだ。姉上の結婚相手としては最高の人だ」

はっきりそう言われてみると、香子も悪い気はしない。

その宣孝が正式に山城守の任符《にんぷ》を受けたのは九月二十五日であり、香子はそれを待ちながら婚姻の支度をととのえていた。

そして十月半ば、いよいよ今や愛しの人となった宣孝を迎えた。神主と禰宜《ねぎ》が二人の仲の永続とできるだけ早い子の出産を祈り、さらには悪霊を祓《はら》う祈願もしてくれる。集まってくれた一同でお祝いの盃を酌《く》み交わし、高盛飯《たかもり》に箸をつけると、晴れの香子は紛うかたなき宣孝の妻である。

三日の餅も済んで任地に帰る日、今度は宣孝が惟規に姉香子のすばらしさについて語り聞かせた。

「歌でも文でもこの上なく達者な学者肌なのに、とてもやさしく接して下さいます。面立ちも美しさが増した。わたしを袖にしていた独りよがりのことなど、まったく嘘のようです」

それを聞いて惟規は言った。

「姉も宣孝様のやさしいおことばで、学問一辺倒の固さがほぐれ、わたしのような者も女らしい魅力をもらったと申しておりました」

「それはありがたい。わたしもほかの女にはもうもう通わない」

そのことば通りに、宣孝は香子のもとにのみせっせと通ってくる。香子は心からそのような宣孝を待ちこがれ、喜んで迎えた。その中で、

——愛は二人が作るもの——

とつくづく思う。ほんとうに幸せである。

翌長保《ちょうほう》元年（九九九）三月三日の桃の節句に、香子は宣孝の別れた妻のことを思い浮かべながら歌を詠んだ。

折りて見ば　近まさりせよ　桃の花
　　思ひぐまなき　桜をしまじ

こうしてあなたに折られた桃の花ですから、もっと親しく愛でてほしいものです。人の気持もわからない過去の桜の人など、少しも惜しがることなどありません。

それに宣孝は返した。

ももといふ　名もあるものを　時の間に
　　散る桜にも　思ひ落さじ

桃は百《もも》で百年という長生きの名も持っているのだから、すぐに散ってしまう桜などと思いくらべて貶《おとし》めることはありません。

このような新婚の喜びは、やがてわが子誕生の喜びにつながった。齢三十歳にして初子を抱くことができたのである。そして生まれた女の子に、香子は学者女らしく賢《かた》子《こ》と名づけた。

この冬の十一月、宣孝は宇佐《うさ》神宮の奉幣使《ほうへいし》として豊前《ぶぜん》国に派遣された。出発の日は神前に告げるべき天変怪異のことなどにつき、道長から指示を受けている。香子親子との逢瀬《おうせ》はしばらく途絶えることになった。

翌長保二年（一〇〇〇）二月には帰京して道長に馬二頭を贈るなどした。四月には平野《ひらの》臨時祭の勅使、七月には相撲節会《すまいのせちえ》の召合《めしあわせ》と、帰ってからも宣孝は官人としての役目を着実にこなしている。

そして豊前国出張で京から遠ざかり、長く香子と会わなかったことが機縁となったように、宣孝の香子離れ、夜離《よが》れが始まるのである。その言い訳のような歌が届けられた。

うち忍び　なげき明かせば　しののめの
　　ほがらかにだに　夢を見ぬかな

会いたい気持をこらえにこらえ、溜息をつき通しで夜を明かしたので、心おきなくあなたと会うような夢も見ることができませんでした。

しかし、来てもらえないのだから、このような言い訳がましい歌の本音は見通した。それで次のように返す。

しののめの　空霧渡り　いつしかと
　　秋のけしきに　世はなりにけり

明け方の空は霧が立ちこめ、いつの間にか秋の景色になってしまいました。あなたの心にも秋風＝厭《いと》き風が吹き始めたのですね。

それでも宣孝は立ち寄ってくれず、文だけ届けて素通りしたのでその返事も歌にする。

なほざりの　便りにとはむ　人ごとに
　　うち解けてしも　見えじとぞ思ふ

いい加減な便りを投げ入れたついでに会うような相手の人は、とてもうちとけてはくれないと思います。

また暦の上では秋にはまだ遠いのに、宣孝の心には明らかに秋風が吹いているものだから、香子は娘賢子《かたいこ》のことも思いながら歌にする。

六月頃に撫子の花を見て
垣は荒れ　淋しさまさる　とこなつに
露置きそはむ　秋までは見じ

庭の垣が荒れて淋しさが募っている撫子《なでしこ》は、見捨てられた賢子のように思われます。この撫子に露が置かれ、娘も淋しさに泣くような秋まで、わたしは生きていられないでしょう。

まさに生き甲斐を失った思いである。

このように毎日を暗い思いで過ごしている香子に、九月末には、何か心配事があるかを訊ねた人があったので、次のようにこたえた。

花薄　葉分の露や　なににかく
　枯れゆく野辺に　消えとまるらむ

花薄《はなすすき》のそれぞれの葉に置かれている露よ、どうしてこのようにみな枯れてゆく野辺に、消えもせずに残っているのですか。わたしも夫の夜離れに耐えながら、なぜこのように生き長らえているのでしょう。

その年も暮れ、翌長保三年（一〇〇一）春には、父為時が越前守の任を終えて帰ってきた。香子もはや三十二歳、父親に夫の不実をうったえて泣きすがる年ではない。しかし、せめてやさしく学問好きな父がそばにいてくれると、少しは和んだ気持で日が過ごせる気がする。

一方、宣孝は二月五日に道長から呼び出しを受けて出仕するなど、仕事には変わらず真摯《しんし》に取り組んでいたが、京の都には前の年から恐ろしい疫病《えきびょう》が蔓延していた。年が明けてもその勢いはおさまらず、死病《しにやまい》にかかった者たちは京に溢れる如くで、道端で命絶える者も数え切れない。それで三月二十八日には、大極殿で病を払うための「金剛寿命経」の読誦《どくじゅ》が行われた。しかしそのようなことでおさまる疫病ではなかった。道端に死ぬ賤民《せんみん》でなくとも、身内によって斂葬《れんそう》される者が何万人も出ている。

そして外歩きの多い宣孝もそれに罹患《りかん》するのである。それを聞いた香子は心配で、四月二十日の賀茂祭にも車を出さず、家でその平癒《へいゆ》を祈ってばかりいた。夜離れを憎み、その勝手さを怨《うら》みもした宣孝だが、香子を心から慕い、愛でてくれた夫には違いないのだ。女房たちの話によれば今年の賀茂祭の見物客は驚くほど少なく、人影はまばらで車も百両ほどに過ぎなかったという。

そして香子の祈りも空しく、宣孝は祭五日後の四月二十五日、亡くなるのである。悲しみはこの上ない。

かずならぬ　心に身をば　まかせねど
　身にしたがふは　心なりけり

人並みでない小さな心には、わたしの生き方はとてもまかせられないけれども、しかしこのようにも悲しい身の上になってみると、その身の上にしたがってわたしの心は悲しみの底に沈んでゆくばかりです。

ひたすら無常な思いの日が続いた。

第六章　起　筆

生きる意味を失った香子は、そのようなわが思いを日々記し、歌に詠み、時には宣孝との思い出を物語風に書き留めたりもした。庭先の林で鳴く蟬の声を聞き、汗ばみながら筆をとるのだが、心の内は孤独で寒々しい。

……大きなる厨子一よろひに、隙もなく積みて侍るもの、一つには古歌・物語のえも言はず虫の巣になりにたる、むづかしくはひ散れば、開けて見る人も侍らず。片つ方に、文どもわざと置き重ねし人も侍らずなりにし後、手触るる人もことになし。

……

部屋の中の大きな置き戸棚に積んである歌の本も物語も、みな虫の巣になり果てた。遣り取りした文をわざと部屋の片隅に積み重ねた夫宣孝も亡くなり、わたしはそれに手を触れることも全くない。……

ただただ侘《わび》しかった。

そのようなとき、数え年三歳の賢子が病気になったので、さらに胸は痛む。

心だに　いかなる身にか　かなふらむ
思ひしれども　思ひ知られず

このわたしの心は、どのような身の上になったら満ち足りるのであろう。とても満足できる境遇は望めないとわかってはいるのだが、とても諦めきれない。

賢子には早くよくなってもらいたいし、このようなつらい思いからは何とかして抜け出したい。そう思いながら、香子は人間の生きる意味について、日々考えもするのである。

そしてやはり、わたしはこのまま嘆き暮らすだけでいいのか、と思う。このような奈落の底で生きながら、何とか幸せを取り戻そうと懸命になった人も世には多くいるのではないか。そして遂には夢のような僥倖《ぎょうこう》を獲得する人も――。そのような人間の思いとか生き方が、世の物語にはいろいろと書かれている。

このような香子は、『竹取物語』を物語の祖と思い、自由に想像力を駆使した素敵な作品と高く評価していた。また男と女の恋物語ですばらしいのは『伊勢物語』であり、自分の半生をありのままにしたたかに綴《つづ》ったのは『蜻蛉日記』、恐ろしいような皇位争いが出てくるのは『宇津保《うつほ》物語』、そして歌物語には『平中物語』がある。

みなすばらしい作品だが、やはりここはこう変えて書くべきではなかったか、と思わせる個所がどれにもあった。わたしなら違った書き方をするだろうと思うことも再々である。

そして今巷間《ちまた》で評判になっているのは清少納言の『枕草子』であった。自分の書いたものを周囲に見せびらかすという清原元輔娘の噂を聞き、反感を覚えたことはある。しかし今京で最も写筆、写本が行われているのはこの『枕草子』なのだ。

春はあけぼの。やうやうしろくなり行く、山ぎはすこしあかりて、むらさきだちたる雲のほそくたなびきたる。

夏はよる。月の頃はさらなり、やみもなほ、ほたるの多く飛びちがひたる。また、ただひとつふたつなど、ほのかにうちひかりて行くもをかし。雨など降るもをかし。

秋は夕暮。夕日のさして山のはいとちかうなりたるに、からすのねどころへ行くとて、みつよつ、ふたつみつなどとびいそぐさへあはれなり。まいて雁《かり》などのつらねたるが、いとちひさくみゆるはいとをかし。日入りはてて、風の音むしのねなど、はたいふべきにあらず。

冬はつとめて。雪の降りたるはいふべきにもあらず、霜のいとしろきも、またさらでもいと寒きに、火などいそぎおこして、炭もてわたるもいとつきづきし。昼《ひる》になりて、ぬるくゆるびもていけば、火桶の火もしろき灰がちになりてわろし。

……

情景があざやかに浮かび、次は、次はと読みつぎたくなる。物語というのではなくて、作者の見解を自由に書き綴った草子である。

――できあがったものを、若い頃のように、これご覧なさいと見せ歩いたものか、周囲の者たちが読んで感激し、転写を繰り返したものか――

すばらしく読みごたえのある草子である。

――このような作品がわたしにも書けるか――

にわかに自信がなくなる。何よりもわたしは、自分をあからさまにできない人間になり果てているのだ。

——ならば物語か——

そうは思いながら、とにかくこの『枕草子』はおしまいまで読み、学ばなければ、と思った。そして読み進めると、宮中の行事や生活のようすが事細かに描写され、源俊賢《としかた》とか源方弘《まさひろ》など、実在の人物の行動までもが活写されているのである。

——自由奔放《ほんぽう》な草子にしてありのままの物語——

そうも言えるのだ。

そして長い長い草子の終章には次のような文章がある。

この草子、目に見え心に思ふ事を、人やは見んとすると思ひて、つれづれなる里居のほどに書き集めたるを、あいなう、人のためにびんなきいひすぐしもしつべき所々もあればよう隠し置きたりと思ひしを、心よりほかにこそ漏り出でにけれ。

たしかに何事もありのままに書いたものに思われるが、この後には左遷される前の藤原伊周が亡き中宮定子に献上したものだ、という他人の後書《あとがき》が記されている。その定子は昨年亡くなり、伊周左遷は為時が越前守に任じられた年だから、今から五年も前のことだ。すると清少納言は正暦四年（九九三）、定子のもとに出仕して間もなくこれを書き始めたことになる。定子からはとても厚遇されたというから、その才を畏敬されて執筆を命じられたものであろうか。

読み終えてまたもや、このようなものがわたしに書けるか、と思う。このままとはもちろんいかないが、わたしなりのものは書けるのではないか。焼き捨てた日記でも覚えている部分があるし、物語だってこの人よりもわたしは読んでいるかもしれない。そしてやがては自惚《うぬぼ》れが垣間見える清少納言のような人に、わたしは負けてはいられない、と思ったりもするのである。

――わたしが書くならば、やはり草子ならぬ物語であろう。宮廷のことについては父為時からでも弟惟規からでもいろいろと聞き出すことができるし、これまでに読んだ物語や書物で学びもしている。男と女の秘め事も自分なりに体験し、数々の噂も耳にしてきた。ならばそれをもとにして、やんごとない方のうるわしい物語を――

と思う。

そして、あらためてわが半生を振りかえりながら、夜毎日毎筋立てを考え、殿上人の立ち居振舞を思い、理想的な男女の面影を追った。生々しい物語とならないよう、時代をいくらかさかのぼったものにしよう、とも思い決めるのである。
そして長保三年（一〇〇一）香子三十二歳の秋、庭先に虫の音すだく頃おいに筆を起こした。

いづれの御時にか。女御更衣あまたさぶらひ給ひけるなかに、いと、やむごとなきはにはあらぬが、すぐれて時めき給ふありけり。はじめより、我はと、思ひあがり給へる御かた〴〵、めざましきものにおとしめそねみ給ふ。おなじほどそれより下らふの更衣たちは、まして、やすからず。……

どの帝の時代だったでしょうか、女御更衣がたくさんいらっしゃったその中に、きわめて位が高く勝《すぐ》れた身分ではない方で、とても目立つほどに寵愛《ちょうあい》される方がありました。もともとわたしこそは帝の愛を独り占めにできるはず、などと思い上がっていた女御・更衣の方々は、ひどく心外なので機嫌を悪くし、その方を憎みました。同じくらい、あるいはそれより格が下の更衣たちは、まして心の中がおだやかではありません。……

暗い思いは変わらず消えない。しかし畢生《ひっせい》の仕事と思い決めて筆を執ると、脳裏はそれに反応して次々にことばを生み出し、思いがけないほどの長い時間を書き続けることができるのである。

――後半生はこれで生きる。わたしは歌と物語、学問だけが取柄のかたくなな女――

それを何度も胸内に確かめ、変わらずつらい日々ながら、心をこめ、熱を入れて書き続けた。

第七章　源氏の君

書きながら力づけられたのは、父為時、弟惟規《のぶのり》、そして賢子の乳母はじめ女房たちみんなが、これはすばらしい雅《みやび》な物語だ、と褒めてくれたことである。身内や友人に読ませるため、せっせと写し取る女房もいた。

そして香子は、早くから女房たちの意見に耳を貸しもするのである。

「とてもいいことばが並ぶすぐれた文ですが、時折、どこで切ったらいいかわからないところもあります」

「そう、できるだけ多くの人が、これは読みやすい、と思ってくれるような書き方をした方がいいのですね」

それでことばを変えるなど、さまざまな工夫をした。すると、作中の人物が次第にその人らしく振る舞ったり、語ったりしてくれるようになることがわかり、香子は執筆がさらに楽しいものになった。

……桐壺《きりつぼ》帝から目立って寵愛を受けたのは桐壺更衣であり、それで他の女御・更衣たちから嫉妬《しっと》されるようになった。そして桐壺更衣がこの上なく美しい御子を生むと、帝の寵愛はいや増し、それに最も嫉妬心を燃やしたのは弘徽殿《こきでん》の女御だった。さまざまな意地悪を繰りかえされた末、桐壺更衣は病を得て宿下がりをした後、亡くなってしまう。帝の悲しみはひとかたではない。

そして御子が六歳のときにはその祖母も亡くなった。七歳のときには御書始をするなど、幼い頃から音楽も学問も達者な御子であった。そのような御子は占いにより、臣籍とされて源氏の姓をいただく。

桐壺更衣に生き写しの藤壺女御が入内《じゅだい》すると、やはり帝から深く愛され、周囲から「輝く日の宮」と呼ばれるほどで、一方、源氏の姓をいただいた御子は「光る君」と呼ばれるようになった。この「光る君」は母のような「輝く日の宮」に大いに親しむ。

香子はさらに書き進めた。

……この君の御童姿《わらはすがた》、いと、變《か》へま憂《う》く思《おぼ》せど、十二にて御元服したまふ。居立《ゐた》

ちおぼしいとなみて、限《かぎ》りあることに、事を添《そ》へさせ給ふ。……（文字、振り仮名は日本古典文学大系による。以下同じ）

……この源氏の君の衣装や髪形は、とても変えづらいほどだったが、十二歳で元服、冠を着けて大人の姿になられた。坐ったり立ったり、忙しく考え立ち回って、決まりきった事も、意味ある事としてなさる。

やはり読み手の立場になって書くのが、作者の思いやりというものであろう。

一方、これが果して自分なりの文章になっているか、とも思う。すぐれたことばづかいがなされ、美しい文章となっているか。いや、その判断は読み手にまかせるとして、ややくどいかもしれないが、知っていること、知らせたいことはすべて書きたいし、風景や事物については目に浮かぶように描写したい。登場人物の心の内は繊細な部分まで描き切りたい。

やがては自分が自分らしく書くことが、この世に初めて生まれる物語存在の魅力となるかも知れないのだから、すべてわたしが書きたいように書く、とも思うようになるのである。

……左大臣によって加冠の儀が行われたその夜、源氏は左大臣娘の葵上《あおいのうえ》と結婚する。しかし源氏は十六歳年上の葵上が気に入らず、藤壺ばかりを慕い続けるが、逢えないので思いだけがはげしく燃えさかるのである。

このような源氏は亡くなった母桐壺更衣の里邸を改築した。

書き出しの巻に香子は「きりつぼ」と名づけ、次のように終わる。

もとの木立《だち》、山のたゝずまひ、おもしろき所なるを、池の心廣《ひろ》くしなして、めでたく造りのゝしる。「かゝる所に、思《おも》ふやうならむ人をすゑて住まばや」とのみ、なげかしうおぼしわたる。『「光る君」といふ名は、高麗人《こまうど》の愛《め》で聞《きこ》えて、つけたてまつりける」とぞ、いひ傳《つた》へたるとなむ。

里邸はもともと木立や山のようすがすばらしい場所だったが、そこに広い池も設けるなどして立派に建築し、喜んで大騒ぎをしている。「このようなところに、恋しく思う人があるならば、その人にいてもらって共に住みたい」と、源氏はそればかりを願うが思うようにならない。ところで、『光る君』という名は、高麗人がその姿に見とれ愛して、おつけしたものである」と、昔から語り伝えられているということだ。

おしまいでは、やはりこれは何代か前の帝の時代の物語だ、ということをさりげなく知らせている。

この源氏の君の物語は、やがて身内のみならず、広まり広まって宮廷の官吏・女官もが読んでくれるようになった。輿に乗り、次の「はゝきゞ（帚木）」に移った翌長保四年（一〇〇二）正月には、思いがけない男が、

「すぐれたお方と共寝がしたい」

という便りをくれた。宣孝の嫡男藤原隆光である。宣孝葬儀の折にも顔を見せ、その後もたまに訪れてきている義理の息子だ。年齢は明けて向こうが三十二歳、こちらが三十三歳。

――どうして年下の息子殿が、わたしのような寡《やもめ》に言い寄るの――

不思議で腹立たしくて仕方がない。

「冗談はお止しなさい。かりそめにもわたしとあなたは親子。その上父君宣孝様の喪も明けていませんし」

そう書き送ると、それはわかるが夜も眠れないほどに母上が恋しいと、歌まで添えた恋文を届けてくる。

——世にはどのような女夫《めおと》もあろうが、まさか母と子の番《つがい》とは——

この上なくおぞましい。身震いが出るほどである。

ところが隆光を無視している正月の間に、またしても香子の心と体を求める若い男が現れた。

「香子様から袖にされた隆光殿の友、高階成遠《たかしなのなりとお》と申します。何とかして香子様と共に『源氏物語』が読みたいものです」

そのような隙《ひま》も興味もまったくない。

心が傷つきながら、一方では、わたしも昔は人に言えないような辱めを受けたり、勝手な振舞をしたりしてこれまできている、と思うのである。叔父のような宣孝様と結婚したことも変わっている。とすれば人はそれぞれ如何様《いかよう》にも生きるもの、とも思われるのだ。

また為時は、文机に向かってばかりいる香子を案じて、

「たまには外を散策して体を動かしたり、気を休めたりした方がいい」

と勧めた。納得し、

――外でさまざまな階層の人に会うのも、物語に出て来る人を描くためには大切な勉強になるかもしれない――

と考える。

――それがいい。さらには恥ずかしいことでも何でも体験して物語のもとにする――

そして車で京の都をまわり歩き、野に出ては山を仰ぎした上、時には為時に願って役所を案内してもらった。そうしていると、たしかに思いがけないときに源氏の君の新しい生き方が思い浮かんだり、あ、この人の面立ちを借りよう、という女房・殿上人に出会ったりするのである。

それにしても物語がこのようにも喜ばれているのだから書き急がなければならない。

……源氏の君は真面目な性格だった。それでも恋には熱中する。頭中将《とうのちゅうじょう》、左馬頭《さまのかみ》、藤式部丞《とうしきぶのじょう》らと、「雨夜の品定め」でさまざま女のことも語り合った。

後、源氏は方違えで伊予介の家に行き、後妻空蟬《うつせみ》を見ると夜更けにその部屋に忍び込んだ。さらには空蟬の弟を使って仲を取り持たせるが、空蟬は遂には源氏が訪れても会ってくれなかった。……

すでに長い長い物語になっている。『空蝉』『夕顔《ゆふがほ》』『若紫《わかむらさき》』『末摘花《すゑつむはな》』『紅葉賀《もみぢのが》』『花宴《はなのえん》』『葵《あふひ》』『賢木《さかき》』『花散里《はなちるさと》』と書き続け、寛弘《かんこう》元年（一〇〇四）十月には、藤原道長もこの物語を読んで作者を褒め称えている、という噂が聞かれた。

そしてさらに一年が過ぎ、『須磨《すま》』『明石《あかし》』『澪標《みをつくし》』と書きついだ寛弘二年（一〇〇五）末、三十七歳を迎えようとしている香子は、彰子中宮のもとへの出仕を要請されるのである。

第八章　出仕要請

雪催《ゆきもよ》いである。暮れも間近い。香子は変わらず文机に向かって筆を執り、物語を書き進めていた。

「邪魔してもいいか」

部屋に入ってきたのは父の為時である。

「ええ、どうぞ」

少し疲れてもいた。

「実は左大臣の道長様からお願いされたことがある」

「あら、焼けたばかりの内裏の建て直しにお忙しい方でしょう」

一カ月ほど前の寛弘二年（一〇〇五）十一月十五日に内裏が焼失し、帝も中宮もその左大臣の土御門《つちみかど》殿と呼ばれる広大な邸に移住しておられるのだ。

「うむ、今同居の形の帝や中宮彰子《あきらこ》様ほかの身内の方のお世話をなさりながらの建て直しだ。それにとても聡明な方だから、詩歌、学問の方も休まず続けておられる」

「父上もよく道長様の詩会に招かれたでしょう」

「その通りだ。そのお方からこの度は何とか香子を承知させてくれと願われた」

「何のことですか」

「中宮彰子様のところに出仕してもらいたいとのことだ」

「その道長様の仰せですか」

「うむ。すでにお前の書いている物語には目を通しておられるし、何よりも彰子様ご自身がすっかり『源氏物語』の虜《とりこ》となられて、これを書くような人に側にいてもらいたいと望まれたとのことだ」

「物語を読んでいただいたのはありがたいのですが」

何やら気が進まない。すっかり落ちぶれた境遇も体験したし、こちらはたかが元受《ず》領《りょう》の娘ではあるが、宮仕えは公卿《くぎょう》の娘のすることではない、という言い伝えもあるのだった。そして香子は今まさに雅《みやび》な宮廷の物語に没頭し、時には自分がその中の登場人物になりきっていることさえある。

「わたしはこれまで通り、ここで物語を書き続けます。もしよそに出たり、中宮にお会いしたりすることがあるとすれば、この物語のもとを探し調べるときだけです」

「やはりそうか」

為時は前もって予想していたようであった。

「ならばお断りする。左大臣も、何とかこのように筆の立つ為時殿の娘御に会いたいと言って下さってはいたが」

「筆に生きる女はみな気儘《きまま》ですから、とてもおっしゃって下さい」

「うむ、清少納言も今はやりの和泉《いずみ》式部も娘の香子もみな同じとな」

笑って為時はそれ以上勧めはしなかった。

首尾よく断ってもらえると安心し、再び執筆に入る前に、

――そう言えば、今もてはやされている和泉式部という方の日記を、わたしはまだ読んでいない――

と思った。この頃仕上がったばかりで、多くの公卿や女房たちが喜んで読んでいるということである。

一方、和泉式部の男女の愛にまつわる噂は、早くから香子も耳にしていた。結婚した橘 道貞《たちばなのみちさだ》が和泉守であったところから和泉式部と呼ばれるようになったとのことだが、このような夫がありながら、冷泉院の皇子為尊《ためたか》親王と結びつく。そしてこの人が亡くなると今度は弟の敦道《あつみち》親王との噂が広まったのである。香子が夫宣孝に逝かれて

後だから、じきこのあいだのことだ。年齢も香子より十歳ほど若くて、まさに愛欲のみに生きている人の日記らしい。

――やはり読んでみよう。どのような方の物語にも日記にも、わたしは引けを取るわけにはいかない――

手をまわして写本を取り寄せた。

夢《ゆめ》よりもはかなき世のなかを嘆《なげ》きわびつゝ明《あ》かし暮《くら》すほどに、四月十餘日《よひ》にもなりぬれば、木のした暗《くら》がりもてゆく。築地《ついひじ》のうへの草あをやかなるも、人はことに目もとゞめぬを、あはれとながむるほどに、近き透垣《すいがい》のもとに人のけはひすれば、誰《たれ》ならんとおもふほどに、故宮にさぶらひし小舎人童《ことねりわらは》なり。……

夢ははかないが、その夢よりもはかない浮世を嘆き悲しんで暮らしているうちに、四月十日過ぎにもなったので、木の下の暗がりをさまよい歩いた。土を盛った築地の上の草が鮮やかに青い景色を、人は特に目にも止めないが、こちらは物思いに沈みながらじっとみつめている。そのうちに近くにある、竹の間をすかしてしつらえた透垣のあたりに、人の気配がしたので、誰であろうかと思っていたら、故宮《このみや》（亡き弾正宮為尊親王）に仕えていた小舎人童（貴族に使われる童）であった。……

文章ができている。描写もよくなされていた。清少納言にも負けない筆力の持ち主である。さらに読み進めて感慨にひたりながら、

――人柄はどうであっても、筆に生きる者は、できあがった作品がすばらしければそれでいい――

とも思うのである。

読み終えても、長くこの和泉式部日記は頭の中に残っていた。

亡くなった為尊親王の一周忌に近い長保五年（一〇〇三）四月十日過ぎから日記は始められているが、やがて和泉式部は為尊《ためたか》親王の弟である帥宮《そちのみや》（大宰帥《だざいのそち》・敦道親王）と和歌の贈答を始める。それを契機として二人は愛を交わすようになり、次の年の長保六年（一〇〇四）正月には、周囲の非難、軽蔑をものともせず、式部は帥宮の邸に同行するのである。その経過が自伝風に綴られ、百四十首ほどの贈答歌が紹介されている。描かれ、詠まれているのは、ひたすらな人間の愛欲であり、それに伴う苦悩であった。

欠点が全くないのではないが、たしかに愛で結ばれた二人の微妙な心の動きは、読

み手を感動させるほど見事に描写されており、歌、消息、文の組み合わせも調和的である。まさに並々ならぬ書き手にして詠《よ》み人《びと》であった。

――しかしこれはこれ、わたしは学ばない。わたしはわたしなりに書く。このように好色で恥知らずの女には負けない――

遂には反感をさえ覚え、学者女としての自負も湧いてくる。

そしてさらに筆を進めようというときに、またもや父を通しての出仕の要請であった。

歳末はもうすぐだ。そして、左大臣の願いを伝える為時のそばで、少内記の職にある弟惟規も出仕を勧めた。

「宮仕えはほかの女たちがうらやんでいる職だよ。中でも姉上は中宮様の学問の師ともなるのだから、たいへんな出世ということになる。それに中宮のお住まいは、とてもこんな荒れた邸などとは較べられないほどすばらしい造りだ」

為時もうなずき、この度はわざわざ持たされたという、道長の北の方倫子《みちこ》の誘いの文も差し出した。気が進まないまま目を通すと、やはり娘彰子に歌や物語・学問の手ほどきをして下さるのは、香子様以外に考えられない、といったことが綴られているのであった。

「この父も道長様のお力で何とか越前守とさせていただいたし、惟規の職も同じことだ。そのご恩返しもしたい」

ふだんはこのようなことをあからさまに言う父ではなかった。これを聞きながら、娘を思う中宮の親御様の気持も汲んであげなければならないか、と香子も思った。少し離れてすわっている女房も、

「香子様には似合わしいお役目です。お受け遊ばしたらいかがですか」

と勧める。

「そうしようかしら」

少し気が動いた。わたしもいつまでもかたくなな女を通してはいられない。今書いているのは宮廷・貴族の物語だから、そのような世界で暮らすことも、物語を書き続けるために役立つかもしれないのだった。

「けれど賢子が気になります」

やはり心配である。すると今度は乳母が身を乗り出した。

「賢子様は七歳、もうすぐ八歳です。わたしどもがいる上、お祖父様、叔父様の惟規様が大好きでいらっしゃいますから、ここに残られても悲しく淋しい暮らしになるということはありません」

みな相槌《あいづち》をうつ。

——わたしは母を知らない娘、賢子は父を知らない娘だが——

しかし、どちらもまわりの人々に支えられて何とかここまで来ている。

「それでは父君のお勧めに従います」

覚悟を決めた。とたん、為時も顔をほころばせる。

「ありがたい。これでわしの顔も立つし、何よりも香子も宣孝殿のいない淋しい暮しから、少しは逃れられるというものだ」

かくて支度を急ぎ、香子は自分好みの地味な色合いの装束を身につけて、土御門殿の中宮彰子のもとに参内するのである。時に寛弘二年師走の二十九日であった。

第九章　宮仕え

参内してまず香子が驚いたのは、土御門殿は仮の内裏とはいえ、為時に案内されて垣間見たことのある宮殿に勝るとも劣らない豪壮な造りだったことである。さすが道長様、と思いながら渡殿《わたどの》を通り、これから自分の住まわされる局《つぼね》に案内されたときは、これでは緊張の余り、夜もじっくり眠れないのではないかと不安になった。

まずはその局に同居する女房を紹介された。呼び名は東雲衛門《しののめえもん》ということである。香子はていねいにお辞儀をし、

「何も知らない無骨者なのでよろしくお願いいたします」

と挨拶をした。東雲衛門は挨拶を返すと、

「わたしもあなたの『源氏物語』を少しは読ませていただいています。邪魔はしませんから、その几帳《きちょう》の蔭で好きなようにお書き下さい」

と言ってくれる。ここに来ても何とか書き続けられるというのはありがたいことで

あった。

　それから東雲衛門は香子の仕事について教えた。

「香子様はわたしと同じ命婦《みようぶ》なのです。中宮様のお側で、お食事とか髪洗いとか着替えのお手伝いをするほか、中宮様とお会いになるお客様をご案内して、お話し合いの中継ぎもいたします」

　中宮と客とは直接には話し合えないということである。

　それから東雲衛門と女童《めのわらわ》は、香子を左大臣道長の部屋に伴った。そこには父為時も控えている。固くなって平伏すると、為時は言った。

「左大臣様がお前の女房名を決めて下さったぞ」

「女房名？」

　たしかに宮仕えに出たならば、いつまでも香子という童名《わらわな》ではいられないのだ。

「藤式部《とうのしきぶ》、どうか」

「式部？」

　咄嗟《とっさ》に香子は和泉式部を思い出す。

「ああ、父は昔式部丞《しきぶのじよう》の職についておったからな。永観二年（九八四）九月から寛和二年（九八六）六月までのことだから、香子もわかっているかもしれないが」

花山天皇の時代であり、寛和二年六月というのは、帝が退位して為時が職を失い、一家が奈落に落ち込んだときだ。思い出したくもないが、道長様からその頃の職を持ち出されたら、父も断るわけにはいかなかったのであろう。

「ありがとうございます」

道長に礼を述べると、

「うむ、やはりその辺りには見られぬ、学者の面立ちをした賢《さか》しげな娘御よの」

と為時を振りかえった。そして香子をみつめると、

「わたしもそなたの『源氏物語』は読ませてもらっているぞ。帝も中宮もそなたがどのような書き手かと、会うのを楽しみにしていらっしゃる」

と言う。固くなり、そのようにも思って下さるのは恐れ多い、とかしこまるばかりであった。自分はただ勝手気儘に書いているだけなのだ。

道長は続ける。

「そなたはあした中宮にお会いし、一条の帝にも拝謁するが、ご挨拶の折には藤式部と名乗りなさい」

「かしこまりました」

やはり全くの別世界に踏み込んでいるのであった。

翌師走の三十日、香子は為時、東雲衛門、女童と共に大広間の中宮に伺候した。渡殿などで出会う女房たちが、興味深げにみつめながら、何やら語り合っているのがわかる。

広間では中宮のそばの席に道長がおり、親しげに笑顔で迎えた。内裏ではこの道長様が頼り、との思いもする。

広間の入口に平伏すると、道長は立ってきて手を取り、中宮の御前に伴った。ますます固くなり、ただただひれ伏すと、中宮は、

「ようこそお出で下さいました」

と声をかけて下さる。そのまま黙し続けるわけにもいかず、

「藤式部と申します」

と初めての名乗りをした。

「何もわからぬ不調法者でございますが、何とぞよろしくお教え下さいませ」

「いいえ、お教えいただくのはわたしの方です。あのようにすばらしい物語をお書きになるのはどのような方かと、お会いするのを楽しみにしておりました」

「過分な仰《おお》せでございます」

ますます固くなる。

「源氏の君はこの後どうなさるのか、紫上《むらさきのうえ》は、明石上《あかしのうえ》はと、続きが楽しみです」

「わたしも楽しみにしておりますよ」

と口をはさむ女性が側にいる。道長はすかさず、

「彰子の母倫子、わが妻です」

と耳元でささやいた。

「ありがとうございます」

かしこまるばかりである。中宮は続ける。

「藤式部さんは、ほかの女房たちのようにわたしの世話をするのではなくて、朝一度顔を見せた後は、局で物語をお書きなさい」

香子は思わず中宮を見上げ、

「それでよろしいのですか」

と聞きかえした。

「はい、物書きの学者であられるのですから、そうしていただきます。たまにはわたしにも学問や歌詠みを教えて下さると嬉しい」

「できるだけのことはさせていただきます。ありがとうございます」

中宮はもとより、このような中宮に育てた道長にも倫子にも、感謝のことばがない

ほどであった。

　それから一条の帝に拝謁した。天元三年（九八〇）生まれだから二十六歳、香子の十歳年下でいらっしゃる。若く整った高貴な面立ちであった。そばには中宮がすわり、道長・倫子夫妻も控えている。

「光源氏、誰を頭において書いておりますか」

　のっけから雛型《ひながた》とした人物についての質問である。宣孝とか思い出の男たちのことを話せばいいのか、とは思うが、誰とも限定できなかった。

「わたしの頭に浮かんだ殿方を、勝手に書いただけでございます」

　かしこまって小さな声で答えた。

「それにしても、多くの書物を読み、調べるからこそ書ける物語ですね。読みながらその学識が伝わります」

「……」

　しかし、その学識をひけらかすことはできない、と思った。

「為時殿の文殿の書物はすべて読み尽くしたでしょう。大和の書はもちろん、漢書もすべて」

「それほどではございませんが……」

たしかに自分は書籍に埋もれるのが好きな女だ。

「わたしも彰子も次を楽しみにしておる。局で書き続けるように」

中宮ともすでに話し合って下さったのであろうか。

「ありがたき幸せにぞんじます」

感激して退出した。そして大急ぎで几帳《きちよう》で区切られた自分の部屋を、『源氏物語』を執筆しやすいように整理する。東雲衛門もそれを手伝ってくれた。

翌日は大晦日だ。宮中にはそれなりの行事があるかもしれないが、香子は物語に没頭してもいいのである。それで朝中宮にお会いすると、

「今年の書きおさめをさせていただきます」

とことわって局に戻った。

これまでの部分を読みかえし、静かに想を練って書き出す。

「まゐり給ひて、斎院など、御はらからの宮〱、おはしますたぐひにて、さぶらひ給へ」

と、御息所《みやす》にもきこえ給ひき。……

（朱雀院《すざくいん》は）「明石上の生んだ姫君斎宮《さいぐう》も内裏にお出でになれば、朱雀院の妹君加茂《かも》斎院《さいいん》など、わたしと兄弟の宮たち、同族ばかりなので、心置きなく過ごせることです」

と、以前、女御・更衣たちにおっしゃったことがある。……

書き出すと、わが家も局も同じことであった。輿に乗り、「みをつくし（澪標）」の終章をよどみなく書き続ける。

……いとあつしくのみおはしませば、参《まる》りなどし給ひても、心やすくさぶらひ給ふ事もかたきを、少しおとなびて、添ひさぶらはん御後見《うしろみ》は、必《かなら》ずあるべきことなりけり。

……（藤壺入道は）とても病弱でいらっしゃるから、内裏にお出でになっても、（冷泉の帝の）お側に心安くおられることもむずかしいのだが、帝の側には多少は年長の後見役がぜひ必要なのである。

かくて「みをつくし」の章の書き上げは、香子三十六歳大晦日の書きおさめとなった。明ければ寛弘三年(一〇〇六)正月である。香子は三十七歳。

元日には一条天皇が天地四方を拝礼なさる儀式が執り行われた。四方拝の儀である。例年は清涼殿で行われるのだが、今年は土御門殿の正殿が式場となった。その後は左大臣道長はじめ、集まった公卿・殿上人が帝の御前で賀詞《がし》を奉る小朝拝《こちょうはい》があり、続いて節会《せちえ》で新春の宴会である。その一部始終を香子は目を凝らしてみつめた。

二日は中宮、東宮の御所での祝宴であり、それが二宮大饗《にぐうたいきょう》と呼ばれることを香子は知った。

三日は一条天皇が父君を訪れる朝覲行幸《ちょうきんのぎょうこう》の儀式があり、長い行列が土御門殿の前から出発した。

話に聞いたことはあるが、目の当たりにするのは初めてのことだから、香子はその儀式をみつめてはしっかり頭の中におさめ、局に帰ると料紙に書き留めた。

そして四日は儀式がなく、五日は叙位議《じょいぎ》という会議が始まるということだ。

――ならば『源氏物語』の書き初め――

と、四日の朝から筆を執った。「よもぎふ(蓬生)」の巻である。

藻塩《もしほ》たれつ　わび給ひし頃ほひ、宮こにも、さまぐ思《おぼ》し嘆《なげ》く人多《おほ》かりしを、さても、我御身のより所あるは、一かたの思ひこそ、くるしげなりしか、……

（源氏が）潮垂《しおた》れて悲嘆に沈み、須磨明石に侘住《わびず》まいをなさっていた頃は、都にも源氏に関わっていろいろと思い嘆く女の人も多かったが、それでもご自分の力とたのむ頼り所などがある女の人は、ただただ源氏が恋しいという一筋の思いだけが苦しそうであったが、……

そして、自分の部屋にいる時と同じように一気に書き進める。物書きとしての幸せがいっぱいであった。

夕刻となり、一息ついたところへ女童が文を携えてやってきた。藤原道長からのものである。

「本日は正月の儀式がない日なので、文殿にて『源氏物語』のこと等をお教え願いたい」

さっそくに着替え、道長の邸に赴いた。

直衣《のうし》姿で待っていた道長はすぐに香子を庭に連れ出し、女房たちが珍しそうに見守る中を、泉殿《いずみどの》の前を通ると池の橋を渡り、釣殿《つりどの》からさらには築山に上った。道長は案内しながら、自分の屋敷をすべて香子にわからせようとでもしているのかもしれない。築山を過ぎると木々の緑の鮮やかな林があり、その中に瓦葺《かわらぶ》きの大きな文殿があった。入口には番人の若い男がいて、道長が近づくと平伏した。道長はその男に、

「きょうからこの文殿に住んで学問に打ち込む藤式部だ」

と紹介した。

「ここに住むのですか」

驚いた。全く知らされていなかったし、もちろんその支度もしてきてはいない。

「文殿は学者女には似合いであろう。きょうならず、明日からでもよい」

きょうからでなくともよいというのは救いであったが、驚きは消えない。文殿に入ってからも、

――道長様は常人がまったく思い及ばぬ考え方をなさるお人――

と思っていた。

案内された書庫は書籍の山と言ってよかった。『詩経』『史記』『文選』『漢書』『後漢書』など、少女の頃から香子が愛読した書はもとより、『楽府』『四教義』『元白集』『集注文選』と全く数え切れない。いくら学問好きとは言え、香子が一生かかっても

読み切れる冊数ではなかった。

一方、香子が何とか手に入れて読んでみたいと願っていた、秘本とも言うべき『柳桜物語』ほかの書物も目につくのである。

「さすが詩歌・学問の大先達でいらっしゃいます。これをみな手をまわして集められたのですね」

「それもあるが、わたしへの土産をこのような書物とする者も多いのだ。この書庫の半分以上は献本と言っていい」

聞きながら、道長様はこのすべてに眼を通しておられるかもしれない、と思う。風体もただの殿上人ではなく、実に底の深い知識の人に思われるのである。

文殿の奥に行くと、局風《つぼねふう》の場所がしつらえられていた。几帳のそばには文机もある。

一見して香子の執筆の部屋とわかった。

「ここで書いてもよろしいのですか」

「そう。藤式部の局よ。几帳のそちらには……」

覗くと二組の褥《しとね》が敷かれていた。

――なぜ二組？――

と考える間もなく、道長は香子を抱きしめると口吸いをした。もがき逃げようとするが身動きができない。

――上品な道長様がわたしのような醜女《しこめ》に何ということをなさる――

驚きとこわさで生きた心地もしなかった。

何度も口吸いをし、香子の抗《あらが》う力が弱まったところで道長は言った。

「長くあなたの学識にあこがれておった。どうかわたしの子を生んでくれるように」

――とんでもない。あなたは去年四十の賀を祝われた四十一歳の中老、わたしは三十七歳の姥《うば》――

それにしても天下の貴人道長様が、何でこのようにも無体なことをなさるのか。抗いながら、気も遠くなる思いであった。

しばしして事が済むと、道長はまたもやさしく口を吸って、

「これまでのどの女よりもよかった」

と溜息まじりに言った。

――数多い女に三十人ものお子を生ませている方が――

と、香子はそのことばを全く信じる気持にならない。しかし道長は押して言う。

「この世で最もすぐれた心と体の持ち主よ。そなたの正直な体が、この上なくわたしの体をも喜んでくれた」

気が遠くなったとき、この体はそのような反応を示したものであろうか。

「顔も心も体もすべて一番のわが妻」

抗う術《すべ》もないままの香子をふたたび抱いた道長は、やがて満足げに文殿を出て行った。寝乱れたわが身を恥じ、

——宮仕えははやこれまで——

と横暴な道長をこの上なく憎み、香子は耐えきれずに長く泣き伏していた。

第十章　里下り

香子はまんじりともせずに犯された夜を過ごした。東雲衛門《しののめ》に覚《さと》られるのがいやで、局には戻らず、憎い道長のあつらえた褥《しとね》に横たわっている。夜が明け、羽毛を入れた掛着《かけぎ》を乱暴する道長を避けでもするように払い除《の》けると、起き直って乱れた衣装を整えるなどした。その日のうちに中宮のもとを去ることを決めている。

番人の若い男に案内させて参内する時、この男もわたしの昨夕の醜態を知り尽くしている、と落ちつかない気持だった。

中宮には顔を見られるのもつらく、挨拶の後、考えに考えた末思いついた嘘を述べた。

「昨日娘賢子の乳母が倒れ、容態がただごとでないという知らせが入りました。何とぞお暇《いとま》を下さいますように」

「すぐに行ってあげなさい。その娘さんは何歳ですか」

「八歳です。よく甘える子なので、ずっと泣き続けているかもしれません」

「あなたのように聡明な娘さんで、もう読み書きも達者なことでしょう。あなたもしばらくは里で物語が書けるよう、その支度をしてお出でなさい」

「ありがとうございます」

嘘を通すのはつらかったが、これまで書いた『源氏物語』の本など、身の回りのものすべてを局から持ち出せるのはありがたかった。

退出しながら、情けあるこの彰子中宮様の父親が鬼の道長様、とも思っている。用意してもらった車に乗ろうというとき、中宮お付きの弁御許《べんのおもと》が追ってきて耳元に口を寄せた。

「番人から昨夜のようすは聞いております。ごゆっくりお休みなさいませ」

いつも中宮のそばに控えている女房である。やみくもに恥ずかしい。

「もう帰りませぬ」

弁御許にだけ聞こえるように言った。

「気の済むようになさいませ。番人には誰にも話さぬように言いましたから、このことは誰にも知られておりません」

そこまでは信じられなかったが、わずかな慰めにはなった。

それから車に揺られ、京極のわが家に戻ると、出てから八日目という短さなのに、久方ぶりの帰宅の感じである。土御門殿とはとても較べられない小さな邸だが、そこには潤《うるお》いと懐かしさと親しみがいっぱいであった。

「帰ってきましたよ」

まずは賢子を抱きしめる。そして、不意の里下りに驚いている乳母や女房たちにも挨拶すると、早速に自分の部屋に入り、みんなに手伝わせて部屋を元通りに整理した。

――さあ、ここでもりもり書く――

傷が癒《い》えるわけではないが、このわが家でならば落ちつけると、書く意欲も湧いてくるのである。

為時、惟規が帰ってくると、二人とも仏頂面で香子に対した。

「左大臣様に無礼を働いたそうな」

父為時のことばに惟規もうなずく。弁御許はあのように言ったが、やはりすべて筒抜けなのだ。内裏の女房たちは、それが仕事ででもあるかのように、他人の不幸や失態を待ち受けており、それを聞いては目引き袖引き噂の種とするのである。出仕してわずかの日数の間に、香子はそれを感じ取っていた。

「無礼は道長様こそです」

すぐに言いかえした。

「道長様は、あのような端正な面立ちからは考えられない獣なのです」

そして昔の狂った源正時の狂態をも思い浮かべてしまう。男はみんな獣だ。

「出仕した女は公卿、殿上人から見初められ、愛でていただく。それを喜ばなければならない」

「遊び女のようにですか」

「いや、女の宮仕えとはもともとそのようなもの」

「わかりました」

香子は父と弟を交互に睨《にら》んだ。

「父上も惟規も道長様のように、そちらこちらの女を夜這う獣の仲間なのですね」

すると惟規は苦笑いしながら、

「父君もわたしも当り前の男さ。しかし、たしかに道長様はずいぶんと多くの女に子を生ませているな」

と言い、何やら書き付けのようなものを取り出した。それに眼を走らせ、道長が子を生ませた女について語る。

「まずは中宮彰子様の母君倫子様だな。源雅信《まさのぶ》殿息女で頼通《よりみち》殿、教通《のりみち》殿、それから彰子様と妹妍子《やすらこ》様を生んでいる。それから源高明《たかあきら》殿息女の明子《てるこ》様。この方は頼宗《よりむね》殿、能信《よしのぶ》殿ほか寛子《ひろこ》様、尊子《たかこ》様の母君だ。そして源重光《しげみつ》殿娘は長信殿を生み、ほかに盛子《しげこ》という娘御を持たれた若い姫君もある。姉上はこうして見ると何人目の母君となるのかな」

「そのようなことをなぜ調べたりするの。わたしは亡くなった宣孝様の妻で今は寡婦《かふ》暮しだけれど、ほかの誰の女にもなりません」

しかし惟規はそれには耳を貸さずに書き付けを読み続ける。

「道長様父君の兼家様もたいへんなものだ。まずは村上天皇皇女の保子《やすこ》内親王、それから道長様や兄道隆様と道兼様を生んだ摂津守藤原中正《なかまさ》殿の娘御、時姫様、それに加えて『蜻蛉日記』をものした陸奥守藤原倫寧《ともやす》殿娘御、大宰大貳《だざいのだいに》藤原国章《くにあき》殿娘御、中将の御息所《みやすどころ》、権北方《ごんのきたかた》、中宮亮《ちゅうぐうのすけ》藤原忠幹《ただもと》殿息女、参議源兼忠《かねただ》殿娘御……」

「もう聞きたくない」

実際に香子は耳を覆《おお》った。それを見て為時が教え諭《さと》す。

「いや、聞きたくないとは言ってもこれが世の常というものよ。しかも香子のお相手は天下の道長様だ。ありがたくお情けをいただき、道長様の文殿で筆を執るがいい」

「お断りします」

どのようなことばも受け入れる気持はなかった。

その後香子は藤式部の立場も名も捨て、宣孝妻の頃のようにわが部屋にこもって筆を執るのである。まずは自分の今の思いを歌にした。

初めて内わたりを見るにもののあはれなれば

身の憂さは　心の内に　したひきて
今九重ぞ　思ひ乱るる

初めて内裏に住んではみたものの、ただはかなく淋しくて

この身の上の憂さつらさは心の中を染めつくし、今は千々に思い乱れて、この上ない不幸の中にわたしはいる。

そして、やさしく送り出してくれた弁御許に歌を送る気持にもなった。

閉ぢたりし　岩間の氷　うちとけば
をだえの水も　影見えじやは

岩間を固く閉ざした氷が溶けるように、わたしに冷たくつらく当たった人たちがやさしくして下さるならば、絶えた流れも蘇って影が移るように、わたしも内裏に戻らないとは限りません。

そして、物語を書き始めた香子の所にはすぐに返しの歌が届いた。

み山べの　花吹きまがふ　谷かぜに
　結びし水も　とけざらめやは

山のあたりに咲き乱れた花を、すべて同じように包み込む谷風のように、中宮様はひとしく女房たちに慈愛を注がれています。だからたとえあなたのことで強張《こわば》ったかに思われる内裏も局も、すぐになごやかになります。

傷が癒《い》えることはないが、このような歌の詠み交わしで香子は少しずつ落ちつきを取り戻す。

書き始めた『源氏物語』は「よもぎふ」の巻である。

……八月《はづき》、野分《わき》あらかりし年《とし》、廊《らう》ども倒《たふ》れふし、下《しも》の屋どもの、はかなき板葺《いたぶき》なりしなどは、骨《ほね》のみわづかに残《のこ》りて、たちとまる下衆《げす》だになし。……

……八月の台風が激しく吹き荒れた年には、建物を結ぶ渡り廊下なども倒れ伏し、召使たちの住む小屋などで、粗末な板葺きであった所などは、その野分《のわき》に飛ばされて骨だけがわずかに残り、住めなくなって、立ち止まって見る身分の低い下衆さえいない。……

そして野分ならぬ冬の風が廂《ひさし》を鳴らす正月の十日、中宮から春の祝い歌を詠むようにとの仰せがあった。中宮のやさしい面影を頭に描き、さっそくに筆を執るが胸の内は沈んだままだ。

み吉野は　春の景色に　霞めども
結ぼほれたる　雪の下草

初春とはいえども雪の下草は冷たくうなだれたままなのだ。とても祝い歌とは言えないが、それでも自分の真情を詠んだものだからと、中宮にお送りした。

三月、桜が咲くと宮中では花の宴が催され、為時も学者・文人として招かれて歌を詠むなどしたということである。香子にも中宮からの誘いはあったが出席しなかった。道長と顔を合わせる場所には出たくもないのだ。

そのような香子に焦れたように弁御許が便りをくれ、長い里居《さとい》を責める歌が添えてあった。

憂きことを　思ひ乱れて　青柳《あおやぎ》の
　いと久しくも　なりにけるかな

あなたはあの憂鬱《ゆううつ》な事件に傷ついて退出なさったけれども、里居はとても長くなり過ぎています。

近所の女友達が顔を見せ、やはり同じようなことを口にすることがある。しかし香子の思いは変わらなかった。

つれづれと　永き春日は　青柳の
いとゞ憂き世に　乱れてぞ経《ふ》る

ものさびしい思いのままに過ごす長い春の日は、わたしにとってはとても苦しい日々で、乱れた心のままにその日その日を過ごしております。

そしてとうとう東雲衛門から、そのような香子の強情さを謗《そし》る便りが届いた。

「わたしたちは何事も我慢してお仕えしています。そのような身分なのに、あなたは我慢も何もない、高い位の人のように振舞っているではありませんか。いい気な女、これ以上はない生意気な女です」

このように非難されると香子は、

「あなたはいったい何様なの」

と言いかえしたくなる。すぐに歌を詠んだ。

わりなしや　人こそ人と　言はざらめ
　自ら身をや　思ひ棄つべき

賢くないあなたは何もわかってはいないのですね。人がそれぞれ何と言おうとも、わたしはわたしなりに、自分の気持に従って生きていくのです。

娘賢子を抱き、文字や歌を教え、父、弟、乳母、女房たちと過ごす里居は、やがて香子をすっかり宮仕え以前の気持に引き戻した。

そのような香子に、やはり京極暮しの頃、あなたから箏《そう》の琴を教わりたい、と言っていた女友達が、

「そちらへお伺いして直接お教えいただいてよろしいでしょうか」

と訊いてきた。迎え入れる気持になり、

露しげき　蓬《よもぎ》が中の　虫の音を
　朧《おぼろ》げにてや　人の訪《たず》ねん

と詠んで送った。一人で物語を書き続けるのがわたしの生き方、と思い定めてはいるものの、やはりこのような友に慕われるのは嬉しい。

訪れたその友を喜んで迎え、箏の琴を教えて共に弾いたりもしながら、時には殿方の噂話もした。

そして秋も半ばとなった頃、絶えて音沙汰のなかった道長から、歌が届けられるのである。

　み山べの　紅葉散らせし　谷かぜに
　　結びし水も　とけざらめやは

弁御許の返しの歌を借り、「花吹きまがふ」を「紅葉散らせし」と変えて戯れているのだ。恨み続けている男の歌なのに、その戯れが何やらおかしい。わたしはもしかすると、あの時、犯されたのではなくて、心からの愛を示されたのではなかったのか。そう思いながら、何度も歌を読みかえしていると、ふいに笑みがこぼれもした。この歌の向こうに直衣に烏帽子《えぼし》の道長の姿が浮かび、為時の「男は女をまわり歩くもの」とのことばも蘇る。思いがけず、衣の下の体も息づいたような気がした。しばし思い

をこらし、

――そろそろ中宮様のお側に戻る――

と決めた。その上で道長様の文殿に移り住むかと言えば、それはない。やはり道長はまたもや獣となるかもしれないのだ。それでも何とか再出仕によって新たな生活に挑む気持にはなっていた。

それを父為時や身内に披露し、九月になると香子は家族や奉公人たち、そして庭の紅葉に見送られて、京極のわが家を後にした。

第十一章　再出仕

再出仕先が土御門殿ではなくて、木の香も新しい一条院内裏であることが救いだった。彰子中宮はその東北の対に住み、女房たちはその廂《ひさし》の間《ま》にある細殿《ほそどの》の局に住まわされていたが、香子は特別に一人だけの局を与えられた。

そのことが他の女房たちの嫉視《しっし》のもとになると、香子は気が引けもしたが、筆を執るにはやはり一人部屋が望ましい。再び顔を見せてくれたことを中宮も大いに喜び、

「ほんとうによく来てくれました。父道長もあなたを掌侍《しょうじ》を超えた典侍《てんじ》とする、と申しております」

と告げた。

「それはもったいないことでございます」

ありがたいが、やはり女房仲間たちの目が気になる。

「毎日をゆったりと過ごしながら物語を書くことに専念してほしいと願うのは、父も

わたしも同じことです。あなたのお勤めも、この前と同じく朝の挨拶をするだけで結構ですから」

「ありがとうございます」

何度も頭を下げながら、

「それでも昼前はお側に置いていていただきます」

と言った。どうしても仲間と同じ仕事もしなければ気持がおさまらないのだ。

「そんなに気を使わなくてもいいのですよ」

「いいえ、少しは皆様並みに、お客様の取り次ぎやお話の中継ぎをさせていただきます」

「ならばその時間はわたしに漢籍のことなど教えて下さるように」

やはり香子は並の女房ではなくて、学者女故に召されたのだった。どうやら中宮の生活を支え、仕切っている左大臣道長の指示による特別の出仕だったのである。

その日から、働いては書き、書いては働く日々が始まる。香子一人の局だから、思いのまま、夜が更けるまで書き続けることも多かった。

また中宮は九月八日、久方振りに生家土御門殿に退出した。香子と仲のいい弁御許はそれについて言う。

「彰子様は、亡くなった定子中宮様の残された敦康《あつやす》親王を、ご自分のお子様ででもあるかのように、手元に置いて大事に育てていらっしゃいますから、そのお疲れを癒《いや》すためかも知れません。恐らく父君道長様のお指図です。優しい父君でいらっしゃいますね」

その道長は、香子が再出仕してから一度も顔を見せていない。内裏で遠くから見かけることはあったが、中宮の席にも香子の局にも姿を見せないのである。もっとも香子は自分の局の入口には鍵をかけて自分一人の世界とし、また獣となるかもしれない、道長ほかの男たちから身を守る手立てともしていた。

そして道長は、娘彰子ほか自分の血を分けた者にはもちろんやさしい父親で、他の殿上人たちに対しては威厳と貫禄に満ちた左大臣なのである。

中宮の退出期間は九月二十八日までとわりに長かったから、香子は宮仕えなしの書き手の如くに、自分の局で執筆に明け暮れた。やはり手持ち無沙汰となった女房たちは、できあがった物語を我先にと読み、書き写しては本に仕立ててくれる。それで仕事は大いにはかどり、「澪標《みをつくし》」の巻から「蓬生《よもぎふ》」「關屋《せきや》」「繪合《ゑあはせ》」「松風」と順調に進んだ。

そうしてできあがった分の『源氏物語』は、お付きの者が持参すると待っておられた帝が喜んで早速に読んで下さる。そのようすを聞き及ぶと、紫の上はじめ登場人物に関する思いがさまざまに広がり、新しい筋立てもまた浮かんでくるのであった。

九月末、一条院に戻った中宮はなぜか浮かない顔になっておられた。土御門殿で何事かあったのか、と女房たちはみな気遣ったがそうではなかった。ある日中宮は香子や他の女房たちにしみじみおっしゃったのである。

「わたしどもがこうして安穏《あんのん》に暮らせるのはありがたいことですが、実は罰当たりなのではないでしょうか」

「何のことでございますか」

さっそくに東雲衛門が聞きかえす。

「世は決して内裏のように穏やかではありません。町並みには物乞いがたくさんうずくまっていましたし、わたしの車の近くで大声で罵《のの》り合い、殴《なぐ》り合っている輩《やから》もおりました。どうしたのかと女房に訊かせると、米を盗まれた者がその泥棒を追って取りかえすと殴り、それから大喧嘩になったとのことです」

みな眉をひそめる。そう言えば香子にしても、里下りや出仕の途次にそのような風景を目にすることがなかったわけではない。しかし香子が車に揺られるときは、外のようすではなく、中宮へのお仕えの仕方とか物語の進め方について思いをこらすのが常なのである。

「人の子を盗んできて売ったり、若い女を犯した上で遊女にしたりすることも、よくなされているとのことです」

弁御許が口添えをする。中宮はうなずき、遂には、

「それでも生きているだけで幸せ。飢えて死ぬ者も珍しくないそうです」

と涙ぐんだ。もらい泣きする女房もいる。まさに世はさまざま、内裏で暮らせる人間はこの上なく恵まれているのである。

香子もしみじみした思いに浸りながら、父は散位《さんに》、弟はいい加減な男のままとは言いながら、出仕や里下りの中で物語が書けるわたしは、この国の中でも非常に恵まれている、と思う。

そして不意に、自分がずいぶんと若い頃、栗栖野《くるすの》の田園地帯で会った若い男が目に浮かんだ。あれは花山の帝が退位なさって父が職を失った年だから、寛和二年（九八六）で香子十七歳のときであったか。それと同時に為時がよく通った女の息子で、一時は恋人同士になりながら、最後は鬼の如くに狂って香子を辱《はずかし》めた源正時のことも思い出す。

――正時のこととか道長様の乱暴とか、傷を受けた後にばかり、わたしは新しい仕

事を始めようとする――

あの栗栖野の若者は嘉兵衛という名で当時二十歳、その母親ともたしか話をさせてもらった。

「植え揃った田を眺めるほど嬉しいことはない」

そのことばが今も耳に残っている。

――貧しくとも仕事を楽しみながら家族をふやす者もいれば、盗みをし、争いながらでも子を生み育てる者もいる――

まさにそれが人間なのだ。そして、動物ながら殿上人に可愛がられる犬、猫、鳥たちもこの世には多い。

――あの男嘉兵衛殿と会ってみよう。今なら三十歳とわたしより七歳下だが、男のすがすがしい逞しさがあった。四歳上の端正な左大臣道長様との違いを書き分けてみたい――

やはり香子が関心をもつ人間は、どうしても物語の中の人物とつながるのだ。

その嘉兵衛も稲刈りを済ませたかと思われる頃、中宮へ朝のご挨拶に参上したところ、隣り合って道長がいる。しごく嬉しそうな面持ちであり、女房たちが顔を揃えると口を開いた。

「わざわざ言うほどのことではないが、妻倫子が近く子を生む。男か女かわからないが、わたしにとっては久方ぶりの慶事よ。娘彰子は巷の貧しい者たちのことのみを思い、顔をしかめていつもそれを口にするようになったが、わたしとてそれを知らぬわけではない。帝やまわりの者たちとも諮《はか》り、世のすべての人が穏やかな世を楽しめるよう、わたしらなりに努めてもおる。それが政《まつりごと》というものなのだ。しかしそう簡単に世はおさまらぬ。それにしても政はわたしたちにまかせて、彰子やお前たちは、今はわが身のまわりの事のみに打ち込むように。この世に生きるには、悪いことは忘れて良いことのみをみつめ、求め続けるのがいい」

ことばの終わりには、ふと香子を窺《うかが》い見た気がした。

――良いことのみをみつめる――

たしかに嘉兵衛と会ったところで、わたしは下人たちの暮しを変えてあげられるわけではない。むしろ今の物語にさらに熱を入れて取り組むことが、読みはしないが語るを聞いて『源氏物語』を楽しんでくれているという、嘉兵衛たちのためになるかもしれないのだ。

そう思いながら局に戻るとき、渡り廊に道長がいて香子を招いた。女房たちの前で大仰に逃げるもならず、かしこまって近づくと、

「いよいよ話は佳境に入ったな」

と言う。

「特に紫の上のようすが読んでいて鮮やかに頭に浮かぶ。『源氏物語』のよさは紫の上あってのことだ。それでわたしは考えた」

そして改めて香子をみつめる。何のことかと香子も気になった。

「藤式部の名を変えるのだ」

どのようにであろう。

「紫の上の紫を使って紫式部よ」

聞いた途端、これはいい、嬉しい、と思った。まわりにいた弁御許や東雲衛門など女房たちも、

「とても美しいよいお名前です」

と喜んでくれる。しばし間《ま》を置き、

「ありがとうございます。さっそく使わせていただきます」

と礼を述べた。道長は続ける。

「それから時には気晴らしにわが文殿でも筆を執るように。一人の局で書くもよし、里に下って書くもよし、すべては紫式部の思いのままだ」

「そのような勝手がお許しいただけるのですか」

「文殿に泊り込んでもよいぞ。彰子にはこのようにも多くのお付きの女房たちがいる故、女房仕事には気を使わずともよい。それから広い文殿に泊まるのが淋しいときは、そこなる弁御許や東雲衛門と共に床につくように。それ故、文殿の奥の几帳の陰には、褥《しとね》を三人分並べ揃えた」

「もったいないことでございます」

これは東雲衛門が口にした。一度は同じ局に起居した相手とはいえ、藤式部ならぬ紫式部は今や都に知れ渡る物書きにして学者なのだ。

「三人が枕を並べていれば、手弱女《たおやめ》の紫式部の床に夜這《よば》う男もおるまい」

笑いの中で中宮の座の方から、

「道長様はどうですか」

の声があった。倫子付きの女房らしい。

「ああ、それは紫式部が藤式部であった頃のこと。しかし常処女《とこおとめ》藤式部はきびしくわたしを斥《しりぞ》けおった。それに紫式部となった上は、とても恐れ多くて忍びもならぬ」

「嘘に決まっています」

またも倫子の女房が甲高い声で言う。すると道長もわざとらしく頭に手をやり、

「ならば本音を申す。紫式部の局に今宵一度のみ参る。よろしいか」

これには香子も笑って黙したまま首を振った。

「見ろ。お前のお蔭でこのように大勢の者の前で紫式部から袖にされてしまった。仕返しに今宵はお前の局に夜這う」

「はい、身重の倫子様と同じ褥でお待ち申しております」

またもや大笑いである。

退出した香子はよほどに心が和んでいた。これからはただただ『源氏物語』にかかりっきりになれる。

そして紫式部となった香子の筆は、これまでにないほど滑らかに進むのであった。

第十二章　女房仲間

……春のおとゞの御前、とりわきて、梅の香も、御簾《みす》のうちの匂ひに吹きまがひて、生ける仏の御国《みくに》とおぼゆ。さすがに、うちとけて、やすらかに住みなし給へり。……

……初春を迎えた紫上御殿《むらさきのうえごてん》の御前の庭では、梅の香も春風に誘われて御簾の中の薫物《たきもの》の香りに混じりこみ、どちらの香りか区別もつかなくなっているので、ここはさながら生き仏の御国、この世の浄土のようにも思われる。紫上は源氏の正妻なので、すっかりおだやかな気持となって、人と張り合うこともなく、安らかに住んでおられる。……

寛弘四年（一〇〇七）の正月を迎えると、紫式部は元日から『源氏物語』の筆を執っている。「松風」の巻の後、「薄雲」「朝顔」「乙女」「玉鬘《たまかつら》」と書き進め、今は

「初音（はつね）」の巻だ。折もよく物語の季節も初春であり、源氏の君は三十六歳、紫上は二十八歳、そして紫式部には三十八歳の初春である。

この初春の梅と薫物の香に誘われでもしたように、身重だった倫子は正月早々、女の子を出産した。父親の道長は大喜びで、盛大な祝いの式と宴《うたげ》が毎日のように執り行われる。正月十一日には、中宮彰子が嬉子《うれしこ》と名付けられた赤子《あかご》の妹のために、七夜の産養《うぶやしない》の祝宴を催した。道長はこれも嬉しく、杯を交わす一人一人に、

「この世をば、わが世とぞ思う」

と笑いかける。

「中宮の母親が姫を生み、中宮から祝ってもらうなど、ほかではとても考えられないことであろう」

この日だけは紫式部も道長の前に額《ぬか》ずき、嬉子姫誕生のお祝いを申し述べて酒のお酌もした。

そのような紫式部を頭に置いて、ということでもなかろうが、道長はこの正月を迎えて三十六歳となっていた紫式部の弟惟規を、十三日には蔵人に任じるよう取り計らうのである。まさに慶事続きの初春と言ってよかった。

この忙しくめでたい正月に、新しい女房仲間が一人ふえた。伊勢大輔《いせのたいふ》であり、伊勢

の祭主大中臣輔親《おおなかとみのすけちか》の娘だという。伊勢神宮神官の頂点に立つ人の娘だから、若く美しい面立ちに加えて立ち居振舞も清楚《せいそ》であり、出仕したようすを目にした途端、紫式部は懐かしさに似た好意を抱いた。

その局も紫式部独りの局に近く、あらためて同居させられた女房がまた弁御許である。それで弁御許を含めて互いに行き来するようになり、共にお茶を飲みながら語らったりした。伊勢大輔は更には歌もたしなむということだから、物書き紫式部にとっては歌・物語の仲間でもある。

そして三月、陽春を迎えた。内裏にも早咲き、遅咲きの花がそれぞれほころびている。そのようなある朝、中宮にご挨拶に参上すると、

「興福寺の桜の取り入れ役を、紫式部様にお願いしてよろしいでしょうか」

とのことである。藤原家の氏寺は興福寺であり、そこからはみごとに咲いた桜が切り取られて、毎年献上される習いなのだ。

「恐れ多いことでございます」

女房としてはたいへんな晴れの役だが、反射的にわたしは目立ち過ぎてはならぬ、と思っている。

「あなたもご存じのことながら、もとは学者女のあなたを、煙たく思う女房が多くい

ました。学識を鼻にかけて人を見下している、などと陰口をきいた者もあります。しかし、こうしてお付き合いが長くなると、あなたが鷹揚《おうよう》で人にやさしく、とても謙虚な方だということが、誰にもわかりました。それでわたしもあなたとは取り分け親しくさせてもらっています。だからこそのお願いなのです」

聞きながら、変な噂をしたという女房たちが、ここには大勢控えていると思う。そしてこのような大役は、わたしなどよりも若い美女の伊勢大輔がふさわしいし、親しい友に晴れの役を譲って上げたい、という気持にもなるのであった。

「ありがたい思し召しですが、わたしは年もいって花散る里の姥《うば》の如くでございます。それで桜の取り入れ役は、伊勢神宮の神のお側で長く禊《みそ》ぎをしていた、若い伊勢大輔様にこそ似合わしいかと思われます」

部屋に驚きの気配が走った。

「その伊勢大輔様はどこにおいでですか」

中宮が女房たちを見回すと、伊勢大輔は進み出て平伏した。それを見ながら弁御許が口添えをする。

「たしかに鮮やかな花の取り入れ役は、その伊勢大輔さんに似合わしいと存じます」

中宮は顔を覗き込むようにしながら、

「引き受けてくれますか」

と訊ねた。

「もったいないことですが、大先達の紫式部様のお薦《すす》めでもございますから、お名指しをいただいたならばありがたくお引き受けいたします」

「ならば伊勢大輔様を今年の花の取り入れ役としましょう」

そう話は決まった。

それから数日すると、奈良の興福寺からみごとな八重桜が届いた。中宮に道長、そして多くの殿上人が見守る中、身を華やかな装いに包んだ伊勢大輔は、献上役の女房からそれを受け取ると、うやうやしく中宮に捧げた。そのようすの美しさ、清らかさにはどよめきが起こったほどで、紫式部も彼女に役を譲ってよかったと心安らぐ。

そして中宮と並んでいた道長は、その伊勢大輔に持ちかけた。

「お主は歌詠みとも聞いているが、今の気持を歌に詠んでみないか」

「かしこまりました」

答えると立ち上がり、伊勢大輔は前もって用意していたかのように、中宮の手にある花をみつめながら詠じた。

古《いにしへ》の　奈良の都の　八重桜
　　けふ九重《ここのえ》に　匂ひぬるかな

終わると感嘆の声があがり、大きな拍手が湧いた。

その夜、面目をほどこした紫式部は伊勢大輔、弁御許の局に招かれ、女房仲間のささやかな祝宴を催すのである。

それから一カ月ほど過ぎた四月十九日、賀茂神社の葵祭《あおいまつり》に勅使として遣わされる藤原頼宗に、一条の帝は桜の花の髻《かざし》を賜った。一丈余りの長柄の先に、鷹の羽で作った団扇のようなものがついている。これで従者に顔を隠させ、勅使頼宗は神に詣でるのである。

このとき帝は紫式部に命じた。

「頼宗の門出を祝い、歌を詠むように」

かしこまり、しばしあって立ち上がると紫式部は詠じた。

神代には　有《あり》もやしけん　山桜
　　けふのかざしに　折れるためしは

いつものような紫式部のみごとな歌に、一同はみな溜息をもらす。帝も微笑みかけておっしゃった。

「その歌を翳に書けば、神はさらに喜ばれるな」

さっそくに女童が筆と墨、料紙を持参する。それを手にすると鷹の羽に添えられている薄絹に筆を走らせた。神代には……。

それを頼宗が押しいただき、帝にお見せして長柄《ながえ》を持って立つと、みな手をたたいて祝福した。面目をほどこして退出し、局に下がると、

――今年はほんとうに恵まれている――

と、いつものようにわが身の幸せを嚙みしめるのである。

ところが六月に入ると、毎晩のように星が不吉に流れた。下人の餓死するような世がこの上乱れ、衰えてはならぬと、六月二十一日には二十一の神社に、国の無事を祈る幣帛《へいはく》を持参した奉幣使《ほうへいし》が遣わされた。

しかし七月には雷雨が続き、落雷で死ぬ者が後を絶たなかった上、田園の穂の出た稲もみな倒れ伏して、取り入れの秋の不作が決定づけられてしまう。

そして、ろくな稲扱《いねこ》きもできない秋となった十月二日、冷泉院の第三親王敦道様が

薨去《こうきょ》なさるのである。更には紫式部が数年前、三観《さんがん》の法を受けた檀那寺《だんなじ》の高僧覚運が十月三十日に亡くなった。

――やはりあの流星がこの世に不幸を運びこんだ――

と紫式部は物思いに沈んで筆の勢いも削《そ》がれる。しかし一方では、今このような自分が世のためになすべきことは何か、とも考えた。そして初秋の頃から宮中や巷でもてはやされている和泉式部の歌に思い至り、やはり自分はそれに接して歌と物語に徹する生き方をしようと心に決めるのである。

さっそくに彼女の作品を局に集めて読み始めた。まずは夫藤原道貞と結婚前から新婚にかけて交わされた歌である。

君しのぶ　草にやつるる　ふるさとは
松虫の音ぞ　かなしかりける
道貞

あなたが恋しくて面影を偲んではやつれ果てています、という道貞の求愛の歌である。それに対し、まだ童名の御許丸《おもとまる》を用いていた和泉式部は返す。

なく虫の　ひとつこゑにも　聞こえぬは
　こころごころに　ものやかなしき　　御許丸

虫も人間もそれぞれが淋しい思いをしており、わたしも日々悲しい思いに沈んでおります。

秋の露　いろいろことに　おけばこそ
　山のこのはの　ちぐさなるらめ　　道貞

晴れずのみ　ものぞ悲しき　秋霧は
　こころのうちに　たつにやあらん　　御許丸

そして道貞が牛車で現れるとやがて御許丸は迎え入れ、契りの夜を過ごした。親たちも女房たちもみなそれを知り、祝ってくれる。結ばれた二人はそのまま歌の詠み交わしを続けた。

空蟬《うつせみ》の　からは木ごとに　とどむれど
　魂のゆくへを　見ぬぞかなしき　　道貞

さもあらばあれ　くもゐながらも　山の端に
　いでている夜半の　月をだに見ば　　御許丸

かく恋ひん　ものとは我も　思ひにき
　心の占《うら》ぞ　まさしかりける　　道貞

待つ人の　いまも来たらば　いかがせん
　踏ままく惜しき　庭の雪かな　　御許丸

そして三日目の夜は露顕《ところあらわし》の儀である。この儀式により、二人は周囲から公然と認められる夫婦となった。満ち足りた床入りの夜を過ごすと、翌日は祝いの豪華なお膳が二人の前に並べられている。

「よう、鯛《たい》の刺し身に鯉こくだ」

道貞は大いに喜んで箸をつけ、祝い酒を口にした。この後は、もはや夜這いならず昼に訪れてもよければ、そのまま泊り込んでもいいのである。そして道長の手回しにより、さらに昌子内親王のお邸で盛大な婚礼の儀も催された。

この後紫式部はさらに前にも何度か読んでいる『和泉式部日記』を読み直し、あらためてその才能に驚くのである。もっとも、若い恋人敦道親王はすでに亡くなっており、道貞が三年前に陸奥守となって下向した時は、道貞の妾とされていた女と、その女の生んだ子が後を追っている。それで和泉式部は敦道親王と結ばれて以来、道貞とは離婚状態が続いていたのだ。

――しかし、暮しはどうあろうとも、歌詠み、物書きは作品が読み手を感動させればそれでいい――

このような和泉式部に、わたしも負けてはいられないと、紫式部はあらためて『源氏物語』の筆を執り直すのである。「藤裏葉《ふぢのうらば》」の巻が終わりに近づいていた。

……わざとの大楽《おほがく》にはあらで、なまめかしきほどに、殿上の童《わらは》べ、舞《まひ》つかうまつる。朱雀《すざく》院の紅葉の賀の、例《れい》のふること、おぼし出《い》でらる。……

……特別の仰々しい大舞楽《だいぶがく》ではなく、初々しくしっとりした姿で、殿上の童が舞っておみせしている。源氏の君は朱雀院の紅葉の賀の折の、人にも知られたあの昔のことを思い出しておられた。……


物語を書き続けているうちに初雪が舞い、暮れも近くなったある宵《よい》、局に入ろうとすると、入口につけておいた鍵がなくなっていた。不思議に思いながら床についたその夜遅く、局を訪れた者がある。眠れずにいた紫式部は咄嗟に起き上がり、灯をつけた。見ると直衣姿の道長である。

「どうして道長様がこのようなところに」

と、まとっていた夜着をきつく押さえた。

「そなたがわたしを辱《はずかし》めた故よ」

「とんでもない。そのような無礼をいたしたことはありませぬ」

「ならばこの鍵は何じゃ」

道長は局の入口の鍵を取り出して見せた。

「それはこわい殿方から操を守る為のものでございます。道長様がおはずしになったのですか」

道長はこわい顔になって言い募った。

「そのこわい男は道長だと、殿中の者たちはみな噂しているということじゃ。つまりそなたはわたしをならず者と見てこのような鍵をかけおった」

「いいえ、道長様はわたしのような者に、思い通り物語の筆を執らせて下さる、もったいなくもありがたい左大臣様とのみ思っております」

懸命に噂を否定した。その中で、たしかに道長警戒の思いがあったことを思い出している。そして道長は紫式部のことばを信じようとはしなかった。

「それにしても、この鍵の噂でわたしは大いに傷ついたぞ。故にこそ取り外させた。そなたはいかがしてくれるか」

「どのようなお詫びもいたします。誓って申しますが、それは決して道長様のための鍵ではございません」

「ならば今宵はこのように夜着を剥いでもよいのだな」

道長は突如猛り狂ったような勢いで紫式部に迫った。あわてはしたが動きがとれず、どうにも抗いようがなかった。やがて道長の物慣れた仕草により、紫式部の体は思う存分に弄ばれて絶え入る。

身仕舞いをして立ち上がった道長は、そのような紫式部を嘲るように見下し、

「やはり開いてくれたな。しかし今宵のそなたは小野小町には遠く及ばぬ醜女《しこめ》の学者女に過ぎなかった。もはや抱きには来ぬ」

そう言って立ち去った。

無性に恥ずかしい。激しい怒りも込み上げ、翌日は病気とことわって里に下った。そしてそのまま床につきっきりである。

そろそろ大晦《おおつごもり》という頃には近くに住む友達が見舞いに来て、「かひぬまの池」という所の歌語りを聞かせてくれたが、そのようなことで癒える傷ではなかった。その思いを歌にする。

世に経るに　なぞかひぬまの　生けらじと
思ひぞ沈む　底は知らねど

このような暮し方をしていると、かひぬまの話を聞いても生きる意欲はまったく湧かず、いっそ死んだ方がいいと底知れぬ思いに沈み込みます。

幸せな春夏を過ごしたつもりであったが、紫式部の年の暮れはこの上なくつらく淋しかった。

第十二章　紫式部日記

明けて寛弘五年（一〇〇八）を迎え、紫式部はいかなることがあろうとも、正月の祝賀の儀式に一日ぐらいは顔を出さなければと考え、内裏に伺候《しこう》した。素知らぬ顔の道長にはこちらからも目もくれず、中宮ほか殿上人や女房たちに新年の挨拶をして回る。多くの人々から体を案ずる見舞いのことばをかけられたが、その元が道長にあることはもちろん口に出せない。

この後も休むつもりで里に戻ると、なぜかわが邸が殊更《ことさら》に貧弱に見えた。嘆きの住まいとなった故であろうか。それを見ながら、久しぶりに参内した自分が、まわりの人たちからどのように見られただろうかと気になった。

あらためて　今日しも物の　悲しきは
身の憂さや又　さま変りぬる

今日わたしの姿を見た人たちは、憂鬱な日を過ごしてばかりいる女が、何と面変《おもが》わりしたことかと驚いたにちがいない――。

そして鬱々たる思いのまま、やはり『源氏物語』だけは書き続けるという意志をたしかめた。日常の思いはどうあっても、朱雀院、藤壺、弘徽殿《こきでん》大后などの登場人物には、それぞれの個性なりに、物語の中で生きてもらわなければならないのである。

二月の七日には、二十数年前の寛和の頃、父為時や夫宣孝を重く用いてくれた花山院が亡くなった。紫式部の心は沈むばかりである。しかし花山院の葬儀に列し、典侍の自分が病気と偽って引きこもってばかりいるのは恥ずべきことだと思い直し、あらためて出仕を始めた。

殿中で道長と会えば、さりげない目礼を交わすようにもなる。

それから間もなく、中宮彰子が懐妊したことがわかり、四月十三日には生家の土御門殿に退出した。めでたい。紫式部も当然のことに心からお祝いする気持になった。

そして思いつくのである。

――これを発端に、和泉式部さんに負けないような日記をものする――

人の目にふれることを意識した日記文学だ。
五月になると、土御門殿で中宮の安産を祈る法華三十講が催された。これには勅使、殿上人、僧侶と、たいへんな数の人々が列席する。この五月の法華三十講から紫式部日記は始められた。
まずはその祝いのようすを描き、その中に友の小少将と詠み交わした歌を入れる。

篝火《かがりび》の　影もさわがぬ　池水に
　幾千代すまむ　法《のり》の光ぞ

しかし書いているうちに、やはり自分の心が沈み込むのを覚えるのである。

澄める池の　底まで照らす　篝火の
　まばゆきまでも　憂きわが身かな

祝い事の喧騒《けんそう》の中とは言いながら、歌を詠んでわが身を思うと、どうしても本音が吐きたくなるのである。

夜が明けるとまた小少将と歌を交わした。

なべて世の　うきになかるる　あやめ草
　今日までかかる　根はいかがみる
　　　　　　　　　　　　　　　紫式部

何事と　あやめは分かで　今日もなほ
　袂にあまる　根こそ絶えせね
　　　　　　　　　　　　　　　小少将

そしてこの夏、紫式部は内裏に戻っていた中宮に、白楽天の連作「楽府」二巻の講義を始めた。唐時代、山の中で苦しんでいた者たちのようすを描いて、お偉方を風刺した作品である。学者女ならではの発想であり、紫式部はこの講義が、生まれ出るお子さまの、帝としての教養を身につける下地となってくれればいいと、考えもしていた。そしてその間に、道長が「楽府」のみごとな写本をあつらえ、中宮に与えたことを知るのである。

七月に入ると、中宮は近づいた出産のため再び土御門殿に戻り、二十日には安産を祈る修善法会《しゆぜんほうえ》が始められた。

紫式部はそのあたりのことを次のように日記に書き付ける。

秋のけはひの立つままに、土御門殿《つちみかどどの》の有様、いはむかたなくをかし。池のわたりの梢ども、遣水《やりみず》のほとりの草むら、おのがじし色づきわたりつつ、おほかたの空も艶《えん》なるにもてはやされて、不断の御読経《みどきょう》の聲々、あはれまさりけり。……

筋や登場人物の挙措《きょそ》に思いをこらしては『源氏物語』を書き続け、その日の思いを日記にするという日々を過ごしていたある朝、局から出ようとした紫式部に、道長から届けられたという女郎花《おみなえし》が手渡された。それを持ってきた女房は、
「道長様のお庭の一枝です。ご自分で手折《たお》って下さいました」
と告げた。その愛らしい黄色の小花を見ながら、紫式部は娘にわざわざ「楽府」の写本を与える道長の親としての愛情と、広い文殿を持つその学識を思う。獣ながらそういう側面をもっていることはたしかなのだ。そして女郎花にはよい面の道長が言付《ことづ》けを託しているような気がした。

——わたしとそなたは、それぞれ中宮の親として学問の師として、さらには歌、物語の仲間として、この後を生きていかぬか——

女郎花をみつめながら、紫式部は道長から受けた傷をもう一度忘れ去ろうかと考えていた。あのようなことは、この世の男と女との間ではそう珍しいことでもない。こだわり過ぎるのはわたしの依怙地《いこじ》かもしれない。そう思いながら長く女郎花から目を離さないまま、よし、わたしはこの女郎花が伝えた道長様の言付け通りに生きていこう、あの方のすぐれた所だけを見守りながら、と心に決めるのである。そして三十九歳のわたしは、老いを迎えた女らしく、未練の残らぬ生き方をする。書く、遊ぶ、殿方と付き合う、独りを楽しむ。

一方、道長は孫がやがて誕生することをこの上なく喜んでおり、そのような道長の姿が紫式部の目には毎日のようにうつっていた。

そして中宮は九月十一日に男の子を生む。敦成《あつひら》親王である。にぎやかな祝宴が続き、紫式部はそのようすを日記に記した。

……(九月十七日) 七日の夜は、おほやけの御産養。……こよひの儀式は、ことにまさりておどろおどろしくののしる。御帳のうちをのぞきまゐりたれば、かく國の親ともてさわがれ給ひ、うるはしき御けしきにも見えさせ給はず、すこしうちなやみ、面《おも》やせて、おほとのごもれる御有様、つねよりもあえかに、わかくうつくしげなり。

……

中宮の寝ておられる御有様は、いつもよりなよなよと若く美しく見えたのである。

さらに十一月一日、敦成親王五十日《いか》の祝いが催されたその夜に、多くの者たちが乱酔している中で、道長は紫式部に奉祝の歌を詠ませた。さっそくに立ち上がって詠ずる。

いかにいかが　かぞへやるべき　八千歳《やちとせ》の
あまりひさしき　君が御代をば

八千歳という余りにも久しい親王様の生きられる時代を、どうしてどのように数えることができるものでしょう。

道長は大喜びで、

「何とまあ、みごとに詠んでくれたことであろう。もう一度誦《ず》し給え」

と注文する。まわりの者たちも手拍《てば た》きでそれに和した。それで紫式部はさらに声を張り上げて詠唱する。

「いかにいかが　かぞへやるべき――」

終わるとまたまた拍手で、道長は、

「さらに繰りかえして誦し給へ」

と頼んだ。それにこたえ、合わせて三度も詠じた紫式部は面目をほどこすが、満足した道長もそれに応じた歌を自分も朗々と歌った。

あしたづの　よはひしあれば　君が代の
　千歳のかずも　かぞへとりてむ

もしも千歳も生きるという鶴の寿命がわたしにあるならば、若宮の千年の歳の数をも数え取ることができよう。

そのような道長が酔って若宮を抱き、可愛げに語りかけるようすなどを、日記にはくわしく描写する。道長への恨みも、その中で少しずつ消えていった。

そして『源氏物語』の評判はいよいよ高まり、中宮が内裏に帰るときの帝へのお土産にするというので、「幻」の巻までの製本作業が行われることになった。清書のためのさまざまな色の紙を用意する、筆の達者な人に筆写をお願いする、できた部分を綴じて本に仕立て上げる、などの仕事であり、紫式部はその作業の中心となった。ところがそのさなか、道長が『源氏物語』の草稿を断りもなしに局から持ち出し、娘の妍子《やすらこ》に与える、という事件を引き起こすのである。

……局に、物語の本どもとりにやりて隠しおきたるを、御前にあるほどに、やをらおはしまいて、あさらせ給ひて、みな内侍の督《かん》の殿に奉り給ひてけり。よろしう書きかへたりしは、みなひき失ひて、心もとなき名をぞとり侍りけむかし。……

……『源氏物語』の草稿の本を里の邸に取りにやり、隠しておいたところ、わたしが中宮の御前に伺っている間に、道長様がそっとお出でになって、あちらこちらとお探しになり、それを全部中宮妹の妍子様にあげてしまわれた。完璧な写本ではないのだからさぞかし気がかりな評判が立てられることであろう。……

紫式部は草稿本を持ち出されたことに腹を立てるよりも、不完全なその本についての噂を気にするのである。紫式部はやはり物語一筋の物書きなのであった。

第十四章　自　負

明けて寛弘六年（一〇〇九）の正月三日には、若宮戴餅《いただきもちい》の儀が行われた。その日の紫式部日記では、仲間の女房たちのことをいろいろ述べた後に、歌や文筆にすぐれた女性についても記している。

先にその才能に驚いた和泉式部については次のように書いた。

和泉式部といふ人こそ、おもしろう書きかはしける。されど、和泉はけしからぬかたこそあれ、うちとけて文はしり書きたるに、そのかたの才《ざえ》ある人、はかない言葉のにほひも見え侍るめり。歌はいとをかしきこと。……

和泉式部という人とは、楽しんで親しく便りのやりとりをしたものです。けれども和泉式部は普通とは違った一面もあって何や彼や言われますが、心を許して書いてよこす便りを読むと、その方面の才能のある人で、ちょっとした言葉にも奥床しい美しさがただよっています。歌はとてもみごとです。……

このように絶賛するけれども、ただ褒めて終わりはしない。

「それでも和泉式部は、人の詠んだ歌について非難したり理屈っぽく批評したりしているので、それほど歌についてわかってはいないと思われます。……こちらが引け目を覚えて恥じるほどの歌詠みとは思われません」

こう書きついでいる。自分と比較しながら見下すのである。

このとき和泉式部は三十一歳の初春であり、藤原道貞と結婚後間もなく為尊親王、続いて敦道親王と恋に落ちる、まさに「普通とは違った一面」についての噂がひろまっていた。

しかしそれだけに見目麗《みめうるわ》しく文の才も聞こえているので、藤原道長に認められてこの年の春には中宮彰子に仕え、紫式部の女房仲間となった。このときは道貞との間に生まれた小式部も一緒に宮仕えをさせられている。そしてこの小式部が後に道長の息子教通と結婚することになるのだから、まさに縁は異なものである。

そして清少納言については、紫式部日記に次のように書く。

清少納言こそ、したり顔にいみじう侍りける人。さばかりさかしだち、眞字《まな》書きちらして侍るほども、よく見れば、まだいとたへぬことおほかり。……

清少納言こそ、高慢な顔つきのとてもたいへんな女です。あんなにも利口ぶって漢字を書き散らし、漢学の才をひけらかしていますけれども、よく見れば、とても不充分なところが多いのです。……

そしてさらに批判を続ける。

「このように人と違う特別なところがわたしにはあると、自分の特長を見せびらかそうとする人は、必ずまわりからは劣って見え、行く末はろくでもないことになるばかりです。こんな人は、ひどく空虚な何ということもないときでも、いちいちしみじみした情趣を持ち込み、風情のあることを絶対に見逃さないようにと力んでいるうちに、自然に軽薄な感じになってしまうのでしょう。そのように実がなく軽佻《けいちょう》となり果てた人の行く末が、どうしてよいはずがあるでしょうか」

和泉式部に対するよりも厳しい見方をするのである。

この清少納言は、自分が仕えていた皇后定子が亡くなってから一年後の長保三年（一〇〇一）十二月、勤めを止めて宮廷から辞去した。この頃に「枕草子」は書き終えられている。今は四十四歳で自宅に蟄居《ちつきょ》しているということである。紫式部よりは四歳年上の先輩だが、「枕草子」そのものにも我の強さが現れていた。

すべて人に一に思はれずは、なににかはせん。ただ、いみじう、なかなかにくまれ、あしうせられてあらん。二三にては死ぬともあらじ。一にてあらん。

周囲へのやさしい対応を心掛けながらも、紫式部自身も学識、歌、物語ではまさに「一にてあらん」の自尊心に生きている。それにしても「二三にては死ぬともあらじ」と臆面もなく書き捨てる清少納言には、反発と軽蔑しか覚えないのだ。清少納言がすでに公の場を退いた姥《うば》であろうとも、その宮仕えの際の傲慢な振舞をも思い描き、何よりもその文才に反発して、冷酷に否定し去るのである。

この年の四月、和泉式部が中宮女房として出仕してきた。噂に違わぬ美女であり、これならばどのような男も魅かれ、和泉式部も思うさま男を漁《あさ》ることができるであろう。そして自分はと言えば、勝手な道長が思いを果たしたとき、偽りの如くに褒めてくれたのが唯一の褒め言葉となっているだけの、ありきたりな面立ちに過ぎない。

和泉式部の美貌に触れてからは、先に紫式部日記の消息文に書いた以上の反発を覚えながら、中宮の前で時折顔を合わせるのである。

この年の夏、中宮が更なる懐妊で土御門第に退った折、祝いの舟遊び等で酔った道長が紫式部に歌を詠みかけた。

すきものと　名にし立てれば　見る人の
　折らですぐるは　あらじとぞ思ふ

あなたは浮気者だという評判が立っているので、あなたを見て言い寄り、手折らない人はないと思われます。

失礼な冗談ですこと、と笑って受け止め、紫式部は次のように返した。

人にまだ　折られぬものを　誰かこの
　好きものぞとは　口ならしけむ

まだ誰にも折られたことのない常処女《とこおとめ》のようなわたしを、誰が浮気者と言いだしたのでしょう。
輿に乗ったものか、翌朝、道長は紫式部がひどく傷ついた夜のことを、歌にしてきた。

夜もすがら　水鶏《くひな》よりけに　鳴く鳴くぞ
　槇《まき》の戸口を　叩きわびつる

紫式部独りだけが住む局の槇の戸を、叩きもせず鍵をこわして侵入したくせに、と思うが、これも鷹揚に返す。

ただならじ　とばかり叩く　水鶏ゆゑ
　明けてはいかに　くやしからまし

やはり今はあの情事も許してくれているなと、その後に顔を合わせる道長は、いかにも楽しそうである。やはり娘彰子の再びの懐妊は嬉しく、日常、とても機嫌がいいのだ。

そして紫式部は、『源氏物語』『紫式部日記』の書き手として道長の人柄を思う。紫式部の同僚である大納言の君の局にもよく通う、たいへんな「好き者」だが、その心にはゆとりが感じられた。位を極め、富裕な暮しをしているので、日常が実に鷹揚なのだ。それには学ばなければならないと、和泉式部や清少納言をきびしく批判した自分を省みもするのである。

道長期待の孫宮が誕生したのは、寒さきびしい十一月の二十五日であった。敦良《あつなが》と名付けられ、その敦良親王誕生祝いの儀式がさかんに行われているある宵、紫式部は大納言の君からたいへんなことを聞いた。

「あのお美しい和泉式部様は、蝦夷《えみし》なそうです」

「まさか」

紫式部はまじまじと大納言の君のたおやかな細面《ほそおもて》をみつめた。

「道長様が陸奥の国に使いをやって招き寄せられたとか」

「道長様ご本人が話されたのですか」

「いいえ、里に下ったとき、父がそういう噂だと話してくれたのです」

大納言の君の父親は源扶義《すけよし》である。

「そう言えば小野小町という方も陸奥の国生まれとか」

紫式部もそのような言い伝えを耳にしたことがある。陸奥の国生まれの女性には美女が多いのだろうか。

大納言の君の話は次のようなものであった。


ある年の正月、陸奥の国和賀の里にある安倍王《あべのおう》の邸に、京の藤原道長から使者が遣わされてきた。安倍王の娘、おもと姫をもらい受けるためである。

大和の国と陸奥の国の間には、両国が親しく交わるため、大和の皇子と陸奥の姫を結婚させる約束が、早くから結ばれていたのである。その姫おもとが晴れて十三歳を迎えたので、都に迎え取るための使者であった。

祝賀の宴が何日も催され、やがて雪の中を輿《こし》に乗っておもと姫はふるさと和賀を後にした。見慣れた山々とも北上川ともこれでお別れである。その風景を眺めながら、地元の者たちは、この国を日高見国と呼んでいることを思う。陸奥の国とは、日高見の国の豊かさや住む者たちの賢さを知らない京の連中の、あなどりを込めた呼び方ということだ。道の奥＝みちのくと呼んだりもする。けれども父安倍王は、そのように呼ぶ者たちを特に憎むようなことはしなかった。その鷹揚な人柄も誇りである。

京に着いたおもと姫は、さまざまないきさつの後、もと越前守であった大江雅致《まさむね》の娘とされて、名も和泉と変えた。さらには道長の子、藤原道貞と添わせられ、道貞が和泉守に任命されたので和泉式部となった。……

それを聞いているうちに、紫式部は人の生き方は実にさまざまだと思う。しかし和泉式部自身がそのことを明かさないうちは、本人に話すべきことではなかった。真偽が疑われる噂でもあるから、日記に記すこともせず、もちろん、道長にたしかめもしない。

そして生まれ育ちはどうあろうとも、人はその人なりに生きるのである。わたしは歌、物語、日記に生きる。それについては清少納言にも和泉式部にも負けはしないと、紫式部はあらためてわが自負をたしかめた。

第十五章　宇治十帖

明けて寛弘七年（一〇一〇）正月十五日は敦良親王五十日《いか》の祝いがなされ、その五日後は道長の甥にあたる藤原伊周《ふじわらのこれちか》が亡くなった。三十七歳の若さである。美貌で聞こえた上、才能にも秀でており、十八歳にして内大臣の位についた。関白藤原道隆の次男という立場も幸いしていたのであったが、父の死後、花山法王に対して不敬の事があるなどして大宰権帥に左遷されている。道長の圧力のもとでは、一介の無力な官吏でしかなくなったのだが、やがて本位に戻された。儀同三司という筆名で詩も作っている。

紫式部にとっては四十一歳の正月であったが、伊周の死を知り、

――あの方も逝《ゆ》かれたか――

と物思いにふけった。今書いている『源氏物語』には、長徳二年（九九六）四月の伊周左遷のことを使っている。光源氏の須磨《すま》配流の件《くだり》である。当然のことに、その後

の伊周の生き方はそれとなく観察していた。宮廷を生活の場としながら生きる人間の善意、悪意、栄達、転落等の種々相を、まさに目の当たりにさせてくれる一人だったのである。そのような人生を見守りながら、紫式部は人生の究極の憂さを感じたりもした。

光源氏配流の「明石」の巻までを書き上げたのは、紫式部が初出仕する前の寡婦生活の中であった。その後の巻についても書いては書き直し、始めから読み直しては巻の順序を変えるなど、執筆、推敲、直しの日々である。

そして出仕後の寛弘四年（一〇〇七）四月末までには「藤裏葉《ふぢのうらば》」までを書き進め、それから一年半後の寛弘五年（一〇〇八）の暮れ近くには「幻《まぼろし》」の巻まで書き上げて一応の終わりとしている。

しかし、その後も全体を見直す仕事は続けた。やっと書き終えた「源氏物語」は、決して完璧な物語＝文学とは言い切れないのだ。それで、「幻」の巻の後に「匂宮《にほうみや》」「紅梅《こうばい》」を入れ、「竹河《たけかは》」で終わりとする、などの手を加えた。

……侍従と聞《きこ》ゆめりしぞ、この頃《ごろ》、頭の中将と聞ゆめる。年よはひの程は、かたはならねど、「人におくる」と、嘆《なげ》き給へり。宰相は、とかく、つきぐしく。

……かつて侍従と言ったような者だけは、この頃頭の中将として知られています。年恰好からすれば、官位のほどは見苦しくないけれども、玉鬘《たまかつら》は「夕霧や紅梅の息子たちに遅れる」とお嘆きなさいます。宰相はその後も玉鬘の方へいろいろと、大君のことを言いかけるのでした。

これが最後の文章である。

――やっと筆を擱《お》いた、これでいい――

とは思う。しかし、ふとある場面を思い出しては書き加えることを思いついたり、ことば選びに苦労した個所を見直さなければ、と思ったりもするのである。

時に「たいへんによい物語を読ませていただきました」と言う女房が現れ、とても自作の『源氏物語』とは思えない、おかしな写本を見せられることもあった。そういうときはひどく傷つき、人の物語を勝手に書き替えた贋《にせ》紫式部を心の底から憎んだりもする。

そして伊周の死を光源氏と重ね合わせて考えにふけっている間に、

――やはりあのままでは物足りない――

と思うのである。

——続きを書きつぐ——

そう心に決めた。発想は次々に湧く。舞台は宇治にした。

筆を執り、主人公の薫と接する宇治の八宮について書くとき、紫式部は晩年の伊周のようすを頭に浮かべていた。

橋姫

その頃、世にかずまへられ給はぬふる宮おはしけり。母《は》かたなども、やむごとなく物し給ひて、すぢ異《こと》なるべきおぼえなど、おはしけるを、時移りて、世の中に、はしたなめられ給ひける紛れに、なか〳〵、いと名残《なごり》なく、御後見《うしろみ》なども、もの恨めしき心〳〵にて、かた〴〵につけて、世を背《そむ》き去《さ》りつゝ、おほやけ・わたくしに、より所なく、さし放たれ給へるやうなる。……

その頃、人並みには数えられないお年寄りの宮がいらっしゃいました。お母様も高貴な大臣の姫で女御でしたが、系統が違う他の親王たちよりもすぐれた声望をいただいていたのに、時勢が変わって源氏に権力が移ったので、取りつく島もなく仕向けられてしまうという騒ぎの中で、なまじあった声望も全く跡形もなくなり、家司《けいし》やほかの世話人なども、栄達の夢が叶わなくなり、それぞれが恨めしく思うようになったものですから、あれこれの事情にかこつけて、宮家の雑多な事柄からは離れ去ります。八宮はおおやけの冷泉院は離れ、わたくしの邸内には拠《よ》り所もなくなって、世の人々からは見捨ててしまわれたようです。……

書き始めると紫式部は勢いに乗る。以前から仏教に関心を持ち、その宿命観が紫式部の精神的拠点ともなっていた。それで主人公薫も浄土宗を信仰し、追放されて宇治にいる八宮のところへ仏の教えを習いに行くなどするのである。その中で薫は八宮の二人娘の内、姉娘の大君に恋をするという形に物語は展開する。

書き進めながら、やはり思いつきが次々に浮かんだ。筆の渋滞もない。かくて、

・橋姫《はしひめ》　・椎本《しひがもと》　・總角《あげまき》　・早蕨《さわらび》　・宿木《やどりぎ》
・東屋《あづまや》　・浮舟《うきふね》　・蜻蛉《かげろふ》　・手習《てならひ》　・夢浮橋《ゆめのうきはし》

の「宇治十帖」が完成したのは、真夏の六月中頃であった。とうとう書き上げたという感慨と自足の思いがある。何度も「夢浮橋」最後の文を読みかえした。

「いつしか」と、まちおはするに、かく、たど〳〵しくて、帰《かへ》り来《き》たれば、「すさまじく、中〳〵なり』と、思《おぼ》すこと、さまざまにて、「『人の、かくし据ゑたるにやあらむ』と、わが御心の、思ひ寄《よ》らぬ隈《くま》なく、落《おと》し置き給へりしならひに」とぞ。

「いつなりとも早く帰ってくるように」と、薫が待っておられるところに、このように小君があやふやな様子で帰ってきたので、「このように興ざめなことになるなら、使いなど出さない方がよかった」と、薫が思うことはあれこれいろいろで、『誰かが浮舟を小野の里に隠し置いているのであろうか』と、薫は自分の心の、気にもかけない形で昔浮舟を宇治に見捨てて置いた所業について考えこまれた」ということです。

このように書き終えるまでも道長はよく局を訪れ、その仕事ぶりを賞賛したものだが、体の調子が思わしくないこともあり、邪な振舞に出ることはもはやなかった。これまでも「紫式部は道長妾」などと陰口をきく者があるということはわかっていたが、この頃の道長は、紫式部の文の道＝執筆のよき理解者であり、筆写・製本のありがたい協力者ともなっていた。勢い「宇治十帖」のさまざまな場面・人物に道長の面影は重なる。

『源氏物語』が仕上がって一息ついてからは、「紫式部日記」のまとめに入った。自分の生活とその思いの記録だから、『源氏物語』のように作中人物の生き方に神経を使う必要もなく、気楽と言えば気楽な仕事であった。まとめながら現在の自分の心境を綴ったりもする。

いかに、いまは言忌し侍らじ。人、といふともかくいふとも、ただ阿彌陀佛にたゆみなく經をならひ侍らむ。世の厭はしきことは、すべて露ばかり心もとまらずなりにて侍れば聖《ひじり》にならむに、懈怠《けたい》すべうも侍らず。……

何としても、今はどのような言葉もはばかりなく使って言忌《ことい》みもしません。人がいろいろに言ったとしても、ただ阿弥陀仏に休むことなくお経を習うつもりです。世のいやなことには、みんな露ほどもこだわらなくなっているのですから、出家をするのに、それを怠けることもないのです。……

まさに悟りの心境と言っていい。心がしっとり落ちついている。やるべきことは、すべてやり通した、という思いもあった。この後は聖の境地を目指してゆったり過ごす、と落ちついた気持である。

暑さの中を久方ぶりに出仕すると、どの本にとっても最初の読み手と言っていい中宮彰子は、

「宇治十帖もすばらしい終わりとなりましたね」

と微笑みかけた。

「ありがとうございます。何とか終わりに漕ぎつけました」

「合わせて『源氏物語』五十四帖、長い長い物語でしたが、読み始めると何事も忘れて引き込まれます。浮舟の出家の場面では、紫式部という書き手の信仰心についてもしみじみ学びました」

「ご丁寧にお読み下さって光栄です」

「女房たちも下々の者たちも、本を奪い合うようにして読みふけっているそうですよ。あなたはこの上ない筆の力をお持ちの人です」

「恐れ入ります」

「今の世の人だけでなく、十年、二十年、いや百年もその上も読みつがれるのではないでしょうか」

「夢のようでございます」

何度もお礼のお辞儀をしながら、涙が出るほどに嬉しい。まさに書き手冥利に尽きる中宮の褒めことばであった。書いてよかった、このように生きてきてよかった、としみじみ思う。

満足して退出し、里下りをすると、家中もまた評判の傑作が完結したと大騒ぎである。十二歳の賢子もようすがわかるかして、「母上おめでとう」と何度も祝福した。そのような賢子と抱き合い、温顔の父為時に目を合わせると、亡き宣孝も、遠いあの世から喜びの笑顔を投げかけてくれている気がした。

あとがき

『小説・小野小町伝説』の後は、クレオパトラか楊貴妃かと思っていたが、結局は「紫式部」に落ち着いた。清少納言にも和泉式部にも関心はある。しかし紫式部は歴史に残る大作『源氏物語』の作者である。常々彼女はわが国物書きの最高峰の先達と考えていた。それでしがない物書きとしては、いつかは始祖紫式部の生まれ育ち、生き方について書きたい、と思うようになっていたのである。

イメージはさまざま浮かぶが、辞典には次のようにあった。

紫式部――平安中期の女房。藤原為時の女（むすめ）。女房名、藤式部のち紫式部。源氏物語の「紫の上」と父の官位「式部丞」による名という説が有力。藤原宣孝（のぶたか）に嫁したがまもなく死別。のち上東門院（一条天皇の中宮彰子）に仕え、その間、藤原道長ほか殿上人から重んじられた。中古三十六歌仙の一。著作は「源氏物語」のほか、「紫式部日記」「紫式部集」など。生没年未詳。（『広辞苑』）

生没年未詳は小野小町も同じであったが、わたしは今井源衛氏の天禄元年（九七〇）出生説をとった。また本名については、これも明らかではないが角田文衛氏の「香子」説に依っている。

紫式部の資料となると、これは山ほどであった。それほどに紫式部は時代を越えて多くの人々から畏敬される存在だったのである。

一方、『紫式部日記』は残っているが、彼女が始末した部分もあるので、その生涯はすべてが明らかとは言えない。いきおい想像による補足が必要となる上、この作品は伝記ではなくて小説なのである。それでイメージに基づく創作として筆を進めた。またその生涯を最後まで追わなかったのは、紫式部がまさに『源氏物語』の書き手としてのすぐれた存在だからである。

このようなわたしなりの紫式部を、『小説・小野小町伝説』の時と同じく、書きたいように書かせて下さった鳥影社社長百瀬精一様には感謝のほかはない。ここに厚くお礼を申し上げて筆を擱く。

平成十八年三月吉日　　三好　京三

解説

『小説 紫式部』に寄せて

奥山景布子（作家）

作家が、実在する人物を主人公にして小説を書こうとする時、必ず考えなければならないのが、「史実」と「虚構」との距離である。

その人物と接点のある史料の質と量、さらに、古今の研究者たちが取り組み、解明してきた考察の積み重ね。これらが分厚ければ、それをどう消化し、取捨選択しなければならないし、もし薄い人物であれば、自身でどこまで調べうるものかを計りつつ（時には調べずに想像力で勝負すると腹をくくることも視野に入れて）、執筆の計画を立てなければならない。

そうして、もっとも重要なことは、接し得た「史実」の情報で作り上げた踏み切り板から、どのくらいの「虚構」まで飛ぼうと目論《もくろ》むかだ。ここで判断を誤ると、せっかくの努力が、読者から「荒唐無稽《こうとうむけい》だ」とそっぽを向かれたり、「物語性に乏《とぼ》しくてつまらない」と放り出されたり……と、水の泡になってしまう。

紫式部。「源氏物語」という残した作品の長大さに比して、作者その人と直接ゆかりのある史料は決して多くはない。

本人が書いた手記とみなされる「紫式部日記」は貴重な記録だが、自分自身というよりは仕えた主家で見聞きした見聞の方が中心的素材だ。作者の物の考え方を知る手がかりとしてはきわめて有効だが、私たちが切実に知りたい彼女の周辺について、十分な情報を与えてくれるとは言いがたい。そのため、この平安時代の偉大な作家は、残念ながら本名や生没年も未だに「諸説ある」としか言及できない人物である。

また、紫式部自身が編纂《へんさん》したと考えられている歌集「紫式部集」は、ある程度自伝的な要素を持つ史料ではあるものの、一首ごとに付けられた詞書《ことばがき》（歌の作られた経緯などを説明する文章）はごく簡潔で、得られる情報は決して多いというわけではない（その分読み解いていく楽しさ、奥深さはあるけれども）。

一方で、紫式部と「源氏物語」とに関心を寄せる人は古来数多く、研究や考察の類《たぐい》は中世から近現代に至るまで、膨大《ぼうだい》に存在している。取り組もうと思う人は、こうした状況を目の前にして、自分の書く姿勢を決めなければならない。

三好京三氏の「小説 紫式部」は、必要な史料は十分に読み込んだ上で、むしろそこから自身の想像力を最大に使って、史実にとらわれず、限りなく自由に飛ぶことを目指した作品であると思われる。

その面白さについて語る前に、三好氏の筆歴を簡単に辿っておこう。

三好京三氏は一九三一（昭和六）年岩手県生まれ。教員としてつとめる傍《かたわ》ら、慶應義塾大学通信課程に学び、一九七一（昭和四六）年に卒業（専攻は国文学）。一九七六（昭和五一）年に『子育てごっこ』で第四一回文學界新人賞、第七六回直木賞を受賞。三好氏は新人賞応募の時点で四〇歳を過ぎており、投稿に際して「こんどのものが認めてもらえなかったら筆を折る」（文庫版『子育てごっこ』あとがきより）と覚悟していたという。

以後、直木賞作家として順調に活動を始めた三好氏は、教員としての体験に礎《いしずえ》を置く小説を書く傍ら、教育論などを中心に評論、エッセイなども精力的に手がけていく。一方で出身地である岩手県から住まいを移すことはせず、小説の素材も東北にゆかりのあるものから多く採った。そうした関心から、奥州藤原氏を取り上げた一九八五（昭和六〇）年の「朱の流れ」（のちに『女人平泉』と改題）などの歴史小説を手がけるに至ったようである。

一九九九（平成一一）年の『独眼竜政宗』まで、ほぼ途切れなく毎年のように新作が発表されているが、二〇〇〇（平成一二）年以降は、思うところがあったのか、執筆ペースを落としている。そのあたりの心情は、三好氏自身が『小説 小野小町伝説』のあとがきで「そろそろ書きたいものを書きたい」との言葉を用いて明らかにしている。

多くの作品を書いてきた作家が、晩年に至って改めて「そろそろ書きたいものを」と明言した素材。このあとがきによれば、それは「クレオパトラ、楊貴妃《ようきひ》、小野小町、紫式部、清少納言、和泉式部」であったらしい。伝説的な美女や才媛《さいえん》の生涯に、想像／創造力を捧げようとの意欲は、読者としては興味深いところである。

この試みの最初として、二〇〇四（平成一六）年に『小説 小野小町伝説』が発表された。

小野小町は、紫式部よりさらに手がかりとなる史料が少なく、本人の言葉とみなせるのは「古今和歌集」「後撰《ごせん》和歌集」に採られている二十余首ほどの歌のみで、それ以外はほとんど伝承、伝説の域を出ない。

人物像を探るためにほぼ歌しか頼れず、出自さえも確定しない小野小町の生涯を、三好氏はその限られた歌を最大限に生かし、かつ、伝説として残るエピソードも巧みに織り交ぜて、恋にも歌にも真摯《しんし》に向き合う、魅力的な女性歌人として描き出している。

そしてこの二年後の二〇〇六（平成一八）年に発表されたのが『小説 紫式部』である。本書では、前書『小説 小野小町伝説』で駆使された、歌を最大に生かす手法が引き続き用いられながら、作家が物語を書くエネルギーが蓄えられ、やがてほとばしるさまに焦点が当たっていく。

中でも興味深いのは、史料ではほぼ伝わらない、紫式部の恋愛模様、それも、若い頃の苦く痛みを伴う体験を、リアルに描き出していることだ。「源氏物語」に、女性が恋愛や結婚で味わう深い嘆き、悲しみが繰り返し描かれていることはよく知られているが、三好氏は、そうした悲哀を物語として描くに至った理由を、紫式部の体験にあると考え、史実にはないエピソードを構想したらしい。信じていた男に手ひどい裏切りを受ける若き日の紫式部。心に負った傷に苦しむ女性の描かれ方はとてもリアルで、読みながら目を背《そむ》けたいほどであったが、確かに、「源氏物語」を構想するに至る紫式部の心底に、こうした人には言えぬ深い傷があったというのは、肯《うなず》ける考察である。

三好氏のこうした鋭い批評性に満ちたまなざしは、物語後半、紫式部の事実上の雇い主である藤原道長の造型にも存分に生かされている。

政治家としての手腕、娘を持つ父としての人間性、そして、物語作家である紫式部の支援者としてのまなざし、ありがたみ。しかし、そうした表の側面とは別に、この人にもまた、男としての暴力性がある。こうした複雑な人物を主筋として仰ぎ見て仕えなければならない紫式部の煩悶《はんもん》が、物語の執筆課程と並行して描かれており、決して長くはないこの物語を、読み応えのあるものにしている。

さて、冒頭で、実在する人物を主人公にして小説を書こうとする時の課題として、「史実」と「虚構」について述べたが、それに付随《ふずい》してもう一つ重要なのが「どこで物語を閉じるか」である。とりわけ、紫式部のように没年も死の経緯も不明な人物の場合、物語の閉じ方はそのまま作品全体のテーマと直結する。三好氏がどうこの作品を終えたのか、もし本編より先にこの解説を読んでいる読者がいたら、ぜひここで一度ページを閉じ、本編に向き合っていただくようお願いしたい。

三好氏の関心は、やはり「源氏物語」の作者としての紫式部にあったものと思う。作品の完成を、女主人である中宮彰子、一人娘の賢子、父の為時ら、関わりのある人々みなに祝われて終わる明るい結末。物語を書くきっかけの一つともなったであろう若い頃の苦く痛ましい体験に比して、この閉じ目の明るさ、穏やかさ、優しい読後感に救われる思いがする。

三好氏は、本作が発表された翌年に病に倒れ、彼岸の人となっており、本作は、発表されたものとしては最後の小説作品となった。

本作中には、三好氏が書いてみたいと述べていた和泉式部も登場している。東北の伝承と結びつけられての浪漫的な人物造型は興味深く、次には和泉式部を主役にした作品に取り組む心づもりであったのだろうか——と推測すると、その死は惜しまれてならない。『小説 小野小町伝説』とともに、本作が多くの人に長く読み継がれることを祈るばかりである。

二〇二三年十月

参考資料

日本古典文学大系『源氏物語』一～五　山岸徳平　岩波書店
〃『枕草子　紫式部日記』池田亀鑑　岸上慎二　秋山虔　〃
〃『土佐日記　かげろふ日記　和泉式部日記　更級日記』
鈴木知太郎　川口久雄　遠藤嘉基　西下経一　〃
新潮日本古典集成『紫式部日記　紫式部集』山本利達　新潮社
人物叢書『紫式部』今井源衛　吉川弘文館
〃『清少納言』岸上慎二　〃
〃『和泉式部』山中裕　〃
〃『一条天皇』倉本一宏　〃
古典を読む『源氏物語』大野晋　岩波書店
『源氏物語の男たち』田辺聖子　〃

『源氏に愛された女たち』　渡辺淳一　集英社

『源氏物語の史的空間』　後藤祥子　東京大学出版会

窯変『源氏物語』１　橋本治　中央公論社

『光る源氏の物語』（上・下）　大野晋　丸谷才一　〃

『源氏物語への招待』　今井源衛　小学館

『源氏物語ときがたり』　村山リウ　主婦の友社

『源氏物語の世界』　秋山虔　木村正中　清水好子　有斐閣

『紫式部』　清水好子　岩波新書

『紫式部すまいを語る』　西和夫　ＴＯＴＯ出版

『紫式部事件帖』　畑山博　毎日新聞社

『紫式部の蛇足　貫之の勇み足』　萩谷朴　新潮社

『式部むらさき』　柴山芳隆　文藝書房

『和泉式部秘話』　中津攸子　講談社出版サービスセンター

『恋歌まんだら』　和泉式部　清水好子　集英社

『むかしあけぼの　小説枕草子』　田辺聖子　角川書店

『杉本苑子の枕草子』　杉本苑子　集英社

日本女性生活史　第1巻『原始・古代』　東京大学出版会
古代を考える『平安の都』　笹山晴生　吉川弘文館
歴史博物館シリーズ『平安京再現』　井上満郎　河出書房新社
『平安京散策』　角田文衛　京都新聞社
ほか

◎本作は二〇〇六年に鳥影社より刊行された単行本『小説紫式部』を一部修正の上、文庫化したものです。
◎本作はフィクションです。
◎現代的な感覚では不適切と感じられる表現を使用している箇所がありますが、時代背景を尊重し、当時の表現および名称を本文中に用いていることをご了承ください。

三好京三（みよし・きょうぞう）
1931年岩手県前沢町(現・奥州市前沢区)に生まれる。50年岩手県立一関高校を卒業後、県下小学校教員を勤め、71年慶應義塾大学文学部を通信教育で卒業。75年『子育てごっこ』で第41回文学界新人賞、77年単行本となった同作品で第76回直木賞を受賞。主な作品に『子育てごっこ』『分校日記』『女人平泉』『独眼竜政宗』『北上川神楽囃子』『小説小野小町伝説』など。享年76。

小説　紫式部

潮文庫　み－1

2023年　12月20日　初版発行

著　　者　三好京三
発 行 者　南 晋三
発 行 所　株式会社潮出版社
〒102-8110
東京都千代田区一番町6　一番町SQUARE
電　　話　03-3230-0781（編集）
03-3230-0741（営業）
振替口座　00150-5-61090
印刷・製本　株式会社暁印刷
デザイン　多田和博

ISBN978-4-267-02409-2 C0193